PRIMEIRA PELE

LOUISE BELMONTE

Ao meu pai,
pela música.

À minha mãe,
por todas as palavras.

E a todas as pessoas
capazes de parar por um momento
e observar, com maravilhoso
estranhamento, o acontecimento
improvável que é estar aqui.

"Ah, meu amor, as coisas são muito delicadas. A gente pisa nelas com uma pata humana demais, com sentimentos demais."

Clarice Lispector, *A paixão segundo G.H.*

ANTES

Na nossa família, as mulheres têm um histórico.
Morrem por ataque do coração,
e isso não é muito comum,
não sei se você sabe.

Penso em todas as mulheres subterrâneas, essas que eu carrego dentro de mim, sinto sua herança genética: eu fruto material, eu semente, eu possibilidade, eu futuro, eu com dez anos, quando comecei a ter medo de morrer, quando não conseguia dormir pensando no que viria depois. O planetário, a visita com a escola, a fila de crianças, suas lancheiras, pão de queijo, guaraná, eu, os tomates, o queijo de cabra, torrada integral, aquele amontoado fresco e insosso, as crianças na fila, e eu quase a última (quem seria a última?), para então entrar no planetário e ir me sentindo cada vez mais e mais contra a cadeira, eu, que até ali queria ser astronauta; o homem grande nos contando das estrelas e das galáxias, o céu que se abria, e eu, sempre tão calada, perguntando finalmente o que vinha depois, e o que vem depois? O que vem depois dos tomates e do estômago e da digestão, e o que vem depois de mim e da minha mãe e da minha avó — porque depois de uma mulher subterrânea existe apenas outra e mais outra e mais outra —, o que vem depois das estrelas e das galáxias e o universo por completo? E o homem grande já não sabia responder e começou a se esquivar com um tom de prepotência, como se minhas perguntas fossem muito — inocentes, tolas —, mas sem me dar nenhuma resposta, nenhuma. Veio então o medo de morrer e as perguntas continuaram à mesa do jantar, e minha mãe: Se está com medo então coma direito que vai viver muito, e eu já com as dobras na barriga, eu já com as coxas grossas, o suor ao dormir, ou então nem tão grossas, ou então nem tantas dobras, mas para minha mãe já representava toda falta e excesso, e suas respostas evasivas que na época me pareciam descaso, mas hoje eu percebo, sim, eu percebo: eram sinal de um grande medo.

Foi nessa época que eu comecei a ver as coisas e não conseguir dormir. Ia chegando a noite e com ela o medo do que vinha depois — hoje entendo: a certeza do dia seguinte é um privilégio do mundo adulto, toda a noite era encerramento, um possível e provável fim do que eu conhecia —, eu fechava os olhos e mesmo assim via, como em um filme para cegos, os pequenos redemoinhos de areia e formas geométricas no escuro, os redemoinhos inalcançáveis, como um buraco no qual se entra e existe apenas outro buraco depois e depois e depois, talvez a morte e o sonho, ambos provenientes do mesmo material, os redemoinhos inacabáveis e será que é daí que vem o *coma*? O *coma*, verbo no imperativo do qual minha mãe fez tanta questão de me tirar em vida, mas que, por fim, a abraçou impiedosamente no substantivo.

***

Existe uma sensação ao chegar. Uma sensação que inebria as ruas, a cidade é escura mesmo nos dias claros. Entro num buraco a partir do momento em que piso para fora do aeroporto e olho em volta. O ar é úmido, e minha pele responde de imediato. Toco na minha testa e sinto as espinhas voltando, como se nunca tivessem ido de fato, denunciando que nunca cresci, mas que permaneci aqui, com a adolescência incubada por debaixo da pele.

É noite e as nuvens são tão escuras e não há estrelas e parece que tudo vai desabar. Esse lugar é uma grande depressão, minha mãe dizia, se referindo à depressão geográfica e não emocional — o inconsciente denuncia —, esse lugar é um buraco no meio do mundo, ela dizia com ar de superioridade. Como se não fosse dali, como se fosse melhor e maior, e era, e eu me perguntava, principalmente depois de ir embora, então por que você fica? É nisso que penso quando olho em volta, enquanto vejo as mesmas lojas e quiosques nas ruas, lá no sul do sul, onde o inverno é muito frio e o quente é muito quente, um buraco onde somos postos em ebulição, nada é ameno, nada é claro, mesmo que nem sempre obscuro, mas sim uma pequena sensação de falta de ar que persiste no finzinho do pulmão, eu não posso respirar até o fim e isso é tão sufocante quanto não poder respirar por completo — não posso terminar que nem ela —, é temporário, eu me forço a dizer, mas quanto tempo? Quanto tempo? Me faço a promessa de que, assim que sentir a primeira vontade de ficar, ou algum conforto em estar ali, ou alguma preguiça de ir embora, farei as malas imediatamente. Só assim consigo chamar o táxi e sair do aeroporto.

Não estou mais no local de transição.

Cheguei.

Penso nas tantas vezes em que minha mãe me ligou e eu não atendi. Penso nas palavras da minha tia, Ela, você precisa vir para cá; eu, no meio da aula, minha voz que não saía, nem no papel nem na vida, mas eu não conseguia fixar nenhum pensamento, e voltei do intervalo assim, meio anestesiada, meio presente. Sentei na carteira e olhei para o professor, sentia como se, sobre meu olhar, tivesse sido disposto um enorme véu branco e fosco, tudo um pouco distorcido, aquela realidade que era e que não era a mesma, e eu olhava para o professor ao mesmo tempo que o atravessava, porque meu olhar já não era capaz de reter nada, nem mesmo sua imagem me olhando de volta.

Eu me perguntava, como é possível ninguém reparar na dor? Essa dor do que não foi, a dor da possibilidade, a dor da semente que não germina (nossa relação), e senti meus olhos mareados mas permaneci na aula; quando eu sair eu te ligo, tia. E você vai ficar aí toda desregulada? Mas fiquei, e nos meus olhos as poucas lágrimas que não caíam, nunca mais, eu, me esforçando para chorar, estática, do mesmo modo que estava antes da ligação, e o professor me olhava um pouco incrédulo, de vez em vez, mas continuou ensinando, ele continuou e eu continuei, mesmo não sendo capaz de reter uma palavra sequer. Pensei em gravar a aula mas soube que jamais poderia, a voz do professor, ensinando (nossa relação) , e me veio uma vontade de rir, porque as coisas não poderiam estar mais abruptas e fora de forma, eu, que nunca estive mais em forma convivendo com meu mundo deslocado.

E eu tive vontade de rir porque minha mãe sempre teve um *timing*.

E até para explodir num AVC seu *timing* acertou em cheio.

Então me sinto uma filha da puta por estar pensando na minha vida enquanto ela deita na cama do hospital, deita, continuamente, como se desfalecesse de novo e de novo a cada segundo que passa, e como foi o momento da explosão? Teria a grande depressão a engolido por inteiro? E eu, sem poder fazer nada, sem poder impedi-la do seu sono profundo, e assim começo a tatear o abismo no qual ela se encontra e, por extensão, o abismo no qual eu me encontro, ligadas para sempre pelo cordão invisível, eu na vida, ela na quase morte, e talvez tudo isso seja medo mesmo, medo de encontrar seu rosto desacordado e pela primeira vez olhá-lo por quanto tempo eu quiser, pela primeira vez a possibilidade de machucá-lo ou de beijar-lhe a testa, o mesmo rosto que eu estapeei quando tinha cinco anos de idade; tapas que me colocaram de castigo por uma vida inteira, um castigo silencioso e ressentido, como se ela tivesse, a partir daquele momento, me cercado por paredes invisíveis, como o aquário é para a água, como a pele é para a gordura, como as veias são para o sangue. Como seus lábios estão para as palavras.

O taxista muda a música e eu sou puxada de volta. Encosto a cabeça contra o vidro, as gotas finalmente começam a cair, grossas, demoradas e tomadas por uma fúria insensível. Até a chuva daqui é diferente, penso, enquanto retomo uma percepção antiga. A percepção que começa desde antes do aeroporto, desde o momento em que compro a passagem São Paulo-Porto Alegre, pois é quando me recordo dos meus armários vazios, os cabides nus e a sensação de que a deixava para sempre, porque todos os dias a deixava e continuo deixando e deixando e deixando e deixando e deixando e deixando e deixando e deixando e deixando e deixando e deixand...

***

Agora, eu e minha consciência habitamos planos diferentes e, para captá-la, é necessário que eu escreva de manhã, antes de tomar os comprimidos. Do contrário, se torna rala, vaporizada e difusa, como se a memória ou o próprio presente pertencessem a outra dimensão e eu não pudesse retê-los. É um pouco difícil manter uma linha de raciocínio muito longa, o pensamento se perde e se esvai, seus fios são finos e não aguentam o tranco e às vezes eu me esqueço das coisas, como um trem que eu tento alcançar e já passou e já passou e já passou. De quebra, qualquer pensamento relacionado à comida se torna vazio e incolor.

Olho para o antidepressivo tarja preta com o qual eu já cruzei algumas vezes na vida. Lembro do médico da família me falando; você e sua mãe têm essa tendência depressiva. É diferente, mas parecido. A dela vai mais para uma angústia, uma ansiedade, a tua é falta. Falta e torpor.

Eu abro o frasco, e tomo o primeiro comprimido, é quando sinto uma tristeza tremenda. Lembro de um filme que eu vi há alguns meses. O marido da protagonista morre e toma a forma de um fantasma, que apenas permanece ao seu lado, em todas as cenas do filme. Ele não fala nada, e a moça não o vê. É apenas essa presença, inerente, imóvel, encostada à sua sombra. Tem uma cena linda e cortante em que ela chega em casa e vê uma torta deixada pela vizinha na mesa da cozinha. Pega uma colher e vai comendo a torta aos poucos, até cavá-la furiosamente, colherada após colherada na boca ainda cheia. O fantasma parado, à sua frente, observando tudo.

Quando o filme acabou tive um acesso de choro incontrolável, envergonhado, imenso. Ele me olhou rindo e disse: você está chorando? Eu só consegui dizer que o filme era muito triste. Ele me abraçou, o que pareceu intensificar ainda mais o que estivesse existindo dentro de mim, coabitando meu corpo.

A cortina havia sido aberta de forma brusca e escancarada e iluminado todo o quarto escuro, a claridade doía os olhos, à medida que eu me forçava a olhar e entender o que tinha sido esquecido — nunca esquecido —, a memória havia sido tocada, uma imagem não me saía da cabeça: a mulher, a comida, o fantasma.

***

Morávamos juntos havia dois meses, mas algo dentro de mim me impedia de desfazer as malas. O mesmo algo dentro de mim que sempre me impediu de desfazer as malas por completo, pois eu sempre deixava alguma peça de roupa, algum rastro, algum tecido no qual pudesse me agarrar e deslizar à francesa; como se soubesse, por anos e anos a fio, que uma desgraça estava prestes a acontecer. Eu teria de ser rápida na fuga.

Sentia que ele reparava, não porque conversávamos sobre o assunto, mas por uma tensão presente o tempo todo, um medo tanto dele quanto meu de que eu decidisse ir embora. Sabíamos que era melhor não falar sobre o assunto, sim, talvez esse fosse o caminho, ele ir me retendo aos poucos, sem alarde, e quando eu me desse conta, já estaria atada por completo. E assim ele corria para fechar a porta do quarto quando algum amigo vinha nos visitar e, quando não havia tempo, dizia que eu tinha acabado de voltar de alguma viagem. Esse meu estado fugaz, essa situação na qual, de alguma forma, pairava algum respeito mútuo por nossas marcas, o tempo do engasgo, a situação que sempre fazia com que eu me lembrasse da minha mãe, nada diretamente relacionado, apenas o pensamento solto e vivo. Problemas práticos são problemas práticos, ela dizia, e era ótima em resolver os problemas práticos, mas nunca os simbólicos, e talvez por isso eu seja dessa forma, um alguém que observa a vida mais do que a entende, eu, que me agarro à mala feita como o bote salva-vidas, o avião constantemente em queda livre — o castigo é justamente nunca encontrar o chão —, o avião sou eu e por que ninguém repara mesmo? E talvez seja por isso que não consigo desfazer as malas aqui, na sua casa, sua, nunca minha, a vontade de me agarrar à mala e ir embora, eu nunca quis me envolver nessa palhaçada, eu nunca pretendi voltar, e agora penso que não tem nada de prático em meter todas as roupas de uma vez, amassadas, aquele monte escroto e que nunca entra por completo, todas as roupas na mala, num desespero, a falta de ar assumida, como nas duas vezes em que saí fugida da casa de alguém.

Foi no carro, a caminho da casa dele, que eu pensei, como se alguém me sussurrasse ao ouvido, *você* não suportaria a intimidade. Porque falar para ele sobre ela seria abrir a porta de todas as portas, seria demonstrar que por baixo desta mulher com quem ele dividia a cama existia outra e mais outra e mais outra, seria falar, enfim, dela, e eu tinha certeza, sim, eu tinha certeza; eu não suportaria a intimidade. E assim, antes de qualquer palavra, antes que ele pudesse sentir nosso cheiro, ou qualquer presença na casa, eu peguei a mala sempre um pouco feita e fui.

Agora, estou sentada em meio à sala vazia, e penso como os dias passam muito rápido, enquanto todos parecem um só. Deixei uma mensagem no celular dele, tive de ver minha mãe, aconteceram umas paradas, mas acho que já tava meio ruim, né?, deixei essa mensagem no celular dele e enfiei o meu dentro da bolsa. Não tenho coragem de ligar para ninguém do colégio, porque qualquer conversa teria de ser seguida de uma explicação do porquê da volta e do porquê da ida.

E tudo isso já é falar dela.

Olho para a frente e vejo, na estante da sala, um dos meus livros preferidos da adolescência, cujo título aparece, em tempos espaçados, na minha memória. Acho curioso ele estar por entre os livros da minha mãe, e me pergunto se ela o leu. Se sim, me pergunto o que pensou, e penso que nunca saberei. Não pelo coma, mas porque ela nunca me diria de fato.

Tento lembrar no que reparei primeiro. Queria que fosse no livro, mas desconfio que foi em Laura. Os cabelos presos no coque desarrumado, a pose como quem lê um segredo de forma escancarada, as meninas na fila do refeitório olhando para ela com uma curiosidade diferente da minha, mas ainda assim uma curiosidade. Folheio as primeiras páginas e sinto um arrepio ao pensar que, de alguma forma, ainda estamos lendo esse livro, as duas. Em algum lugar, em algum tempo, conservamos o medo, a alegria, a liberdade. Porque a ilusão de que o tempo é uma linha reta é apenas uma ilusão, e em algum lugar dentro de mim aquela cena ainda acontece.

Eu chegando em casa da livraria, o livro por dentro do casaco de frio (e desde sempre aqui faz muito frio), indo direto para o quarto. Lembro de procurar por alguns minutos um lugar onde pudesse escondê-lo, a capa preta e cinza, tão diferente dos livros juvenis e coloridos que ocupavam as estantes. Lembro de colocá-lo embaixo do colchão, atrás das prateleiras, e, por fim, dentro da fronha do travesseiro. Lembro de acordar de madrugada para lê-lo, e a cada estalar da madeira o medo, como se eu visse pornografia, o possível flagra; minha mãe, que poderia entrar a qualquer momento e suspender a viagem.

Mas o medo compensava, eu tinha certeza, pois era através do medo que eu podia olhar para Laura durante as aulas e pensar que eu sabia o que Laura sabia, líamos as mesmas palavras, Laura durante o dia, sem pressa ou vergonha, eu durante a noite, escondida, assustada, mas eu lia, o que importava era que eu lia — Laura, com suas páginas todas desenhadas, paus e bucetas de tamanhos variados; aquela vez em que fui apontar o lápis só para passar perto da sua mesa, os paus e as bucetas, jorrando porra e caindo sangue, e eu devo ter olhado com um olho meio esbugalhado mesmo porque então Laura me olhou de volta e sorriu, como quem sabe de algo. Desde o início sabíamos de algo.

Mas nem para Laura tenho coragem de ligar.

Percebo as páginas amareladas do livro, as anotações incompreensíveis, feitas a lápis, tomo cuidado ao passar os dedos pelas páginas, qualquer esbarrão já borra um pouco, e olho para meus dedos levemente sujos, o lápis 6B que todo mundo usava para desenhar e eu para escrever, eu achava ótimo isso, a possibilidade de apagar concomitante mente com o traçado mais fraco que permanece, de alguma forma.

Sinto as marcas do lápis com os dedos.

E como é que a gente esquece?

Como é que a gente esquece do tédio e da fuga e do medo e do encontro, como é que existe isso que eu posso simplesmente pegar as malas já feitas e picar a mula e nunca mais voltar, como é essa família que a gente deixa pra trás e nunca mais olha e permanece e como a vida se apaga muito mais facilmente que o lápis, e acima de tudo, como é isso que nada se apaga de fato? Por que suas marcas continuam em mim, esse lugar, como o lápis 6B, como o livro esquecido na estante, as páginas amarelando, as anotações permanentemente esquecidas, permanentemente, mesmo as incompreensíveis, e a imagem de Laura, também guardada na memória, um pouco esmaecida, mas nunca apagada — Laura, sorrindo para mim e os paus e as bucetas e a pornografia barata a que eu também assistia durante a noite, e como é que a memória faz isso de esquecer sem apagar?

E como eu sentia tudo tão forte?

Eu, quase trinta anos, e tudo tão forte de novo.

***

Se eu não me movimentar vou enlouquecer.

Já passa de meia-noite, mas não sei em qual dia estamos. Vou em direção à varanda, há algum movimento na rua. Deve ser sexta, ou sábado. Aqui não tem gente na rua quando não é fim de semana. Tudo era morto, eu me lembro, enquanto caminhava para a escola e o sol surgia em compasso. As casas mortas, os portões de garagens cinzas e verdes, os tijolos, a rua descendo, a música que eu colocava no *disc-man*, três músicas e meia até chegar ao colégio, as tantas vezes em que pensava virar numa esquina qualquer e ter um dia diferente, os passos apressados na descida, quando meus pés corriam por si só, minha mãe tirando a mesa do café da manhã, sua camisola puída, os pés envelhecidos, sua presença que inebriava a casa, ela, o cigarro de cravo, antes mesmo de colocar qualquer coisa para dentro, a fumaça que se confundia com a chaleira e seu apito, o chá de hortelã; nossos rituais — individuais.

Levanto e me olho no espelho. Uso uma calça de moletom escura, grande demais para o meu corpo. Lembro do comentário de Laura na minha foto de perfil, *você continua usando essas roupas largas*. Estou sem blusa e posso ver uma barriga vazia e farta. E meus mamilos. Lembro daquelas fotos com *flash* que eu costumava tirar nua, quando tinha uns catorze anos. Olho em volta e não faço ideia de onde elas estão. Rezo para que tenham sumido e se desintegrado no espaço. Os bicos estão duros, por conta do frio, e o lugar que em outras mulheres alimenta a vida em mim é seco. Ouço um barulho vindo do corredor. Quando era pequena acompanhava os barulhos da casa como pequenos relances de vida, contradizendo o que eu pensava na maior parte do tempo. Nem bonita nem feia, apenas uma vida que constatava, eu ainda estou aqui.

Se eu não me movimentar vou enlouquecer.

Ponho um casaco e meu All Star rosa, infantil demais para uma mulher adulta, quase trinta anos.

Passo pelo porteiro e o cumprimento sem olhar no rosto.

Fecho o portão e caminho até chegar a uma rua com uma porção de bares. Olho para as pessoas, jovens na sua maioria, seus rostos são familiares apenas porque a maioria dos rostos aqui são familiares. Existe em todos eles uma doçura agressiva. Uma risada que eu julgo burra, mas no fundo invejo. O bar em questão tem as paredes e o piso de um branco que já deixou de ser branco há tempos, um balcão não muito comprido e mesas e cadeiras de metal atreladas ao chão. Olho para o atendente do caixa, ao mesmo tempo que um arrepio me percorre a espinha. Eu conheço esse bar. Posso ter chegado lá sem me dar conta, mas acho difícil. Eu conheço esse bar. Vim aqui algumas vezes durante a adolescência, todas fugida, escondida.

Lembro da última vez em que estive aqui, eu e Laura, bebendo uma cerveja barata na calçada. Eu gostava de estar ali, e essa sensação me invade por alguns instantes. As pessoas conversando, na sua maioria mais velhas do que nós duas, ambas com carteira falsa, fizemos na *lan house* a algumas quadras dali. Laura me dizia, Isso tá podre, nunca vão acreditar. Sempre que íamos pagar, um cavalo atravessava meu coração, era sempre Laura quem estendia a mão para o caixa, que o encarava nos olhos, eu apenas deixava minha franja comprida cobrir o rosto. Na maioria das vezes realmente não funcionava, mas em algumas sim, e naquele dia tinha funcionado; eu e Laura, com uma cerveja gelada nas mãos, conversávamos e sabíamos, sem precisar que nada fosse dito, que nos sentíamos bem. O volume era alto, tantas vozes múltiplas, alguns olhares na nossa direção, mas eu sabia que eram para Laura e não para mim. Aquilo também era uma agressão, toda vez que algum cara se dirigia até nós duas e então se virava (não para mim), uma agressão, e eu tentava me convencer, Olha só que surpresa, eu já sabia, já estava preparada, mas não, porque não importa quanto eu soubesse, sempre existia o suspense da próxima vez, e quem sabe nessa, mas apenas consecutivos olhares e cantadas para Laura, nunca para mim. No dia em questão alguém também se aproximava, não lembro do seu rosto, mas eu já esperava, quando dois carros vieram correndo, cantando pneu na rua. Um deles uma viatura, logo atrás de um carro popular comum. Eles vieram num pau e as pessoas do bar gritaram *uuuuuu*, primeiramente rindo e levantando as mãos para o alto e continuando a conversa, mas então os dois carros avançaram sobre a calçada, a calçada em que nós estávamos, todos nós, e ouviu-se um POW e foi a primeira vez que eu ouvi barulho de tiro, e lembrei como me diziam que na TV tem muito mais eco, que na vida é só um POW seco e findável em si mesmo, e todas as pessoas entraram correndo para dentro do bar, e também foi a primeira vez que eu pude ver minha reação numa situação extrema, e descobri que me torno fria e calculista, porque as pessoas me empurravam e se empurravam, e eu bati minha perna contra uma cadeira de metal e pensei, está tudo bem, e continuei indo, subi na cadeira, pulei a mesa seguinte, tudo isso numa fração de segundos e sem perder de vista Laura, que estava um pouco mais à frente, correndo sem olhar para trás, quando finalmente me abaixei e olhei para as pessoas todas abaixadas sob as mesas, e então alguns minutos se passaram, um silêncio assombroso antes de começarmos a nos olhar e constatar que estava tudo bem de novo e nos levantarmos aos poucos.

Laura veio correndo me abraçar chorando, e eu a abracei de volta mas achando meio ridículo chorar daquele jeito, e nós íamos para uma festa depois e não fomos a lugar nenhum porque Laura já não estava "no clima", mas eu iria e não fui por conta dela — e isso também diz muito —, então fomos pra casa e eu deitei na cama e me sentia infinita, me sentia viva para caralho e livre e destemida, enquanto olhava para o branco apagado do teto e sentia minha mãe dormir a alguns metros de mim.

Olho para as pessoas e não consigo reconhecer ninguém, ao mesmo tempo que seus rostos parecem familiares. Penso, a cidade também não cresce nunca. Os anos passam e o público muda, e a cidade de quem vai nunca é a mesma cidade de quem fica. Porque a cidade de quem vai é paralítica, estática e fria, e todo retorno concentra uma pequena dor ao constatar que não, que a vida segue, estas pessoas também crescem, e daqui eu não conheço mais ninguém, nem mesmo as ruas, as calçadas, os parques, meu colégio, a quadra, todos estes e outros espaços que hoje apenas fazem parte num filme antigo, que pouco a pouco perde sua cor.

Olho para as pessoas do bar e penso que, provavelmente, em algum lugar perto dali, estão algumas das pessoas que eram meus amigos. Penso se estão acompanhados, se estão sozinhos, se estão em casa ou se estão na rua, se estão sozinhos de uma maneira ou de outra, se estão com um monte de pessoas e se estão sozinhos, se estão sozinhos com alguém em mente. Penso se são felizes enquanto sozinhos.

Continuo a caminhar. Vejo algumas luzes um pouco apagadas, um pouco apagadas e pálidas, mas que existem e estão ali. É então que me vejo à frente do enorme letreiro e percebo que é dali que vem a luz. Como vaga-lumes quase mortos. Mas os letreiros piscam espaçados, e há um ou dois filmes em cartaz.

Estou no cinema. Minhas lembranças dessa rua são muito menos por conta de festas e bares, e muito mais pelo cinema. Minha mãe odiava que eu fosse àquele cinema, porque era sujo e era no centro e pelas ruas existem ratos e baratas, e eu toda dondoca com a roupa lavada nunca poderia explicar para ela que aquele lugar me dava vida, aquela rua, as pessoas vivendo espontaneamente, os escândalos que eu via na calçada, as mulheres e os homens berrando, às vezes bêbados, ali existia vida, uma vida que pulsava e jorrava na minha cara, e o caminho para o cinema era quase um filme à parte, talvez fosse melhor do que o filme em si, porque era quando eu começava a sair da minha vida atrelada a ela para minha vida em si. O casarão está um pouco velho demais e um pouco desgastado demais, não muito, só um pouco. Olho para o lado e vejo o café. O dia do cinema se tornava um dia inteiro depois do café, quando minha mãe não marcava nenhum médico ou nutricionista ou quando ela estava ocupada com a sua própria loucura, num dia em que não havia deveres, e havia, mas um dia em que minha mãe tinha alguma coisa que era só sua, esse era o dia do cinema. E assim eu ficava sentada na livraria, tomando o café e olhando para as pessoas; porque eu sempre estive de fora: eu nunca participei da vida a tal ponto de me perder por entre seus fios, as pessoas viviam em um mundo e eu vivia no seu constante avesso, do outro lado do espelho.

Penso, nenhum café teve este gosto novamente: quando o café chegava tão preto como um túnel subterrâneo e tão quente que eu tinha de beber devagar senão acabava queimando a língua toda. E nessas horas eu tinha uma inveja da minha mãe; eu sempre a via tomando seus chás, aquela água fervendo, e lembrava de quando eu era pequena e ela preparava a água do meu banho, também fervendo, e ela que não sentia porra nenhuma, sempre os mesmos lábios intactos e macios, e eu não conseguia esperar o café e o café queimava, e assim o gosto do cinema sempre voltava, agridoce, à noite, eu jantando e não sentindo o gosto da comida, fresca e insossa, porque eu já não sentia o gosto de nada e sorria, triunfante.

Começo a voltar para casa. O vento gelado faz em meus olhos pequenos cortes de papel. Solto baforadas pelo ar e lembro do cheiro do cigarro de cravo. Eu posso já ter provado de tudo, bala, doce, MDMA, cafeína, clonazepam, álcool, maconha, cocaína, ketamina, bupropiona, e teve aquela vez em que quase bebi gasolina, mas se teve uma coisa que eu não fiz foi fumar. Acho que só por ódio mesmo.

Chego em casa e preparo um café solúvel. Acho engraçado minha mãe ter café solúvel em casa. Penso, talvez ela estivesse ficando sem paciência para essas coisas mais banais.

O pensamento inicia em mim um sorriso tímido que não se completa, pois, ao tomar o primeiro gole, num impulso, numa distração, passo a língua por meus lábios e percebo: permanecem intactos.

***

Tento dormir, mas não funciona. Porque existem dias nos quais o que existe dentro de mim existe muito forte. E nesses dias é necessário ocupar a cabeça, é necessário arrumar a casa, arrumar os cantos, é necessário que se façam as camas e que as bocas falem alto, e que se escute menos do que se olhe, é necessário. Mas aqui não há ninguém além de mim, as camas estão feitas, os cantos impecáveis e eu me escutar nesse momento é perigoso. Abro a gaveta ao lado da minha cama e pego o livro que estou lendo no momento. Começo a ler de onde parei, mas minha cabeça dói e preciso apertar os olhos para conseguir enxergar com nitidez. Olho para o quarto, na mesa de cabeceira uma foto minha pequena, ao lado dos meus pais. Lembro de quando achei aquela foto, uma das únicas fotos de meus pais juntos, eu no meio, e achei bonito como eu não tinha noção de nada, e por isso a coloquei num porta-retrato ali. Me senti meio infantil ao fazê-lo, o que Laura diria ao vir dormir em casa e ver a imagem ali? Mas coloquei mesmo assim, e Laura veio e não disse nada, não sei se não reparou ou se reparou mas entendeu que era um dos nossos assuntos-silêncio.

Olho para o abajur ao meu lado e viro sua luz diretamente para mim. As páginas do livro adquirem mais foco, e eu penso como estava tentando ler antes. Bem melhor. É então que ela entra pelo quarto, e eu tenho quinze anos novamente. Ela, brigando comigo por ler quase no escuro, dizendo que eu ia estragar minha visão, e como eu odiava aquilo, ela entrando sem bater e acendendo todas as luzes, eu não quero, eu não quero. Mas nesse momento a memória só me dá uma tristeza profunda, e percebo que ser adulta significa que não existe nenhuma outra pessoa para acender as luzes do quarto senão você mesma.

Mas existem dias nos quais, se não me percebo rápido, o que existe dentro de mim começa a girar feito espiral da terra, feito os caminhos que as formigas fazem no subterrâneo, e quando vejo nos meus neurônios se formaram túneis e passa todo ar, e passa o vento que uiva e mesmo assim eu não escuto o barulho do vento. Escuto apenas as formigas que marcham, de orelha a orelha, percorrendo pensamento a pensamento, e assim vão plantando dentro de mim as mais maduras caraminholas.

E então, PÁ.

Cai uma, madura, do pé, madura de mim.

E quando eu olho para a caraminhola, vejo que seus fios teceram mundos. E os mundos batem à minha porta, ligam para minha casa, arrepiam minha pele.

Como o dia em que eu achei que ele havia morrido.

Não havia acontecido nada, absolutamente nada. Pelo contrário. Eu tinha acordado, sentido a cama vazia e pensado, ele já deve ter saído para o trabalho. Me olhei no espelho, e meus pálidos cabelos formavam pequenos redemoinhos engraçados. Caraminholas e redemoinhos. Ri diante da minha figura e, como normalmente sei os raros dias em que não sou incomodada pela presença do meu corpo, lembro que este foi um deles. Lembro de olhar para os meus calcanhares, parte que sempre me foi motivo de muita aflição, e pensar que eram delicados. Os meus calcanhares. Os mesmos que já aguentaram tanto peso, acharam um jeito de se manterem delicados. E batia uma luz infinita da janela, que passava por meus calcanhares e fazia um caminho até a porta, um rasgo de luz, e eu caminhei com meus calcanhares por cima do rasgo até chegar à cozinha. E a louça estava lavada, e as cadeiras no lugar, e eu senti como se ele nem houvesse estado lá. Mas sabia que sim, pois restavam os respingos do café em cima da mesa. Respingos e caraminholas. Peguei o celular, nove da manhã. Tirei uma foto do respingo e mandei para ele, dizendo, você tentou, mas eu sei que dormiu aqui. Como uma piada, algo que eu não faço normalmente. Eu deveria ter desconfiado.

A manhã seguiu e em dado momento percebi que ele não tinha recebido a mensagem. Tentei ligar e deu na caixa. Será que ele estava se cansando de mim aos poucos? Não, caraminholas. Peguei o café e disse a mim mesma, ficar nervosa é o caminho mais fácil. Ele está trabalhando, está em algum lugar sem sinal, e já, já ele recebe a mensagem, e me responde rindo muito da minha piada, olha como eu sou engraçada. Precisava escrever uma reportagem sobre a falta de água em São Paulo, o que eu não tinha a mínima vontade de fazer, mas o prazo era ontem, e eu não tinha conseguido pensar em nada durante a noite, e ele tinha rido e dito que não era para eu me estressar com isso, que às vezes a luz só chega pela manhã. Mas agora eram quase três, e meu prazo era ontem e eu não tinha nada além das caraminholas. Prazos e caraminholas.

Não gosto do que escrevo, porque sempre me lembro dela. Ela, com suas páginas e páginas secretas que nunca me eram lidas. Ela, a escritora invisível para o nosso mundo de dentro, incapaz de me dizer uma palavra porque depositava todas as suas no papel. Ela, que me olhava como se houvesse um abismo, uma barreira intransponível em nós duas; eu, que me aproximava como se estivesse, constantemente, perto de uma armadilha a ser disparada; ela, cujo leite materno esgotou-se aos meus nove meses, o sintoma do corpo; eu, que chorava de fome e desde então me sinto culpada por toda necessidade; ela, a raiva, seu trabalho, sua arte, as palavras e meu desprezo crescente.

Recusei este mundo como pude, mas, para o meu desgosto, nunca houve muito eu que não fosse seu.

Sinto uma irradiação tremenda de um nervo da cabeça até a ponta dos dedos da mão. Elas tremem, segurando as páginas do livro. E essa sensação de que uma tragédia terrível pode acontecer a qualquer momento. Como quando eu era pequena e montava um pequeno altar e rezava a sua morte. Com as bonecas ao meu lado, pegava um pano escuro, guardado no armário, colocava sobre a cabeça e chorava, pedindo a Deus que devolvesse minha mãe. Depois da reza guardava as bonecas, ia ver meus amigos, assistia televisão e já comia, um pouco. E com o passar do dia pedia algumas vezes que minha reza tivesse sido forte o suficiente para trazê-la de volta.

Nunca foi.

Rezas e caraminholas.

Só que nesse dia eu já era grande demais para reza. E o sol se punha novamente, e eu já não tinha forças nem para ter caraminholas. Seria isso? Era esse meu destino, era essa a grande tragédia.

A casa estava intacta, eu tinha limpado tudo, tudo, com exceção das gotas de café, porque precisava de uma prova de que ele tinha estado lá. Mas essas gotas eram suas ou minhas? A casa é mesmo nossa, ou eu só durmo aqui algumas vezes? Ele morreu ou está apenas perdendo o interesse aos poucos?

Deixe seu recado após o sinal.

Então, a chave na porta. Estava de pijama ainda, mas já era noite. Para que colocar roupa se já era noite e eu ainda estava de pijama? Mas instintivamente corri, como corria do meu pai quando o escutava chegando em casa. Eu, que colocava as bonecas em fila e rezava a morte da minha mãe.

Corri para o quarto e coloquei um vestido vermelho. Um vestido muito adulto e responsável. Um vestido que, ao olharmos, não pensamos que na mulher vivem as caraminholas. Eu saí do quarto e encontrei com ele na sala, limpando as pequenas gotas do café. Ele me olhou e disse,

Como foi seu dia?
Conseguiu escrever a reportagem?

Algo tinha escrito, nem conseguia lembrar o que, a dor de cabeça surgia lenta, eram tantos os túneis que eu não sabia como ele não estava petrificado frente à mulher sem crânio.

Consegui.
Meu dia foi bom, e o seu?

***

Na estante do quarto da minha mãe, na prateleira de baixo, acontecem cinco ou seis álbuns de família. Neles, persiste uma vida da qual eu me afastei e fiz questão de fingir que não existia mais. Uma vida extremamente ordinária e comum. Uma vida na qual qualquer um poderia se reconhecer, se olhasse para dentro da casa de seus pais. Porque, no fundo, todos os álbuns de família são iguais, todos os aniversários, viagens à praia, batizados, casamentos.

Acho também alguns vídeos caseiros. A pessoa que filma não é da minha família, deve ser algum amigo distante. É Natal. Minhas tias, todas juntas, suas roupas majoritariamente floridas, cercadas por mim, meus primos, todos com uns cinco ou seis anos de idade, os brinquedos, sons de infância que se misturam e não querem dizer nada.

A câmera passa por todos e segue até chegar à varanda. Nela, meu pai e os outros homens fumam charuto e estão com um telefone tijolão apoiado na mesa de centro.

Fala, meu querido! — meu pai diz para
o homem que filma. — Estamos aqui tentando ligar
para o nosso compadre na Rússia, veja que maravilha!

Todos riem, e o homem que filma se volta para o outro lado da varanda. Lá está minha mãe, um vestido branco, curto, o cigarro de cravo, os cabelos presos num coque contido e sério, os olhos fundos.

Ela olha para a câmera.

E sorri.

Me pergunto se sou apenas eu quem não acredita.

***

Ao meu lado dorme um estranho. Sempre me atraiu a familiaridade que os estranhos têm. Alguém tão distante que por isso ainda não finge, ou finge, mas nada me escapa. Alguém tão distante que, por estar de fora, consigo ver mais de perto do que pessoas de dentro. E por isso, eu sempre amei o metrô. Amava olhar para as pessoas sozinhas ou acompanhadas, o lugar de passagem, as conversas e os risos, as caras fechadas, o metrô às seis, ao meio-dia, à meia noite.

Mas este que dorme ao meu lado não é um estranho qualquer. Não. Ele foi meu colega no colégio, no ensino médio. Não era um dos caras que mal se aproximavam de mim enquanto abraçavam minhas amigas. Não. Ficava mais na dele, e eu genuinamente pensava que poderia se tornar alguém nos tempos futuros. Alguém que se importasse com outros assuntos, alguém com algum tipo de intuição, alguém que talvez também fosse escapar dali.

Agora, eu olho os pelos do seu peito subindo e baixando, à medida que ele respira, um pouco pesado demais, e penso que nos tornamos muito mais parecidos do que eu poderia imaginar. Olho para seus olhos fechados, e lembro dos olhos fechados da minha mãe, e penso em como há diferença entre os seus olhos fechados e os dela, pelo simples fato de que eu sei que esses vão abrir.

Penso, a vida se faz por eu saber que ela existe.

Não sei quanto tempo faz desde que transamos.

Houve uma hora terrível em que me vi no reflexo do espelho, em cima do homem nu, vi sua cara de tesão e a minha, foi o momento em que me assustei ao ver a criança com tesão no quarto de criança transando com o homem-criança que também tinha tesão. Ou parecia ter, pelo reflexo do espelho. Tentei me desconectar da imagem que tinha visto e rolei pela cama, ficando então embaixo dele e deixando seu corpo preencher o reflexo. A partir daí, via apenas minhas pernas pálidas em volta do enorme corpo sem sentido, como uma mola que ia para a frente e para trás, para a frente e para trás. Precisava parar de olhar para o reflexo, tentei olhar nos seus olhos, mas não havia nada para me agarrar, ou pelo menos nada de imediato, e quando eu comecei a chegar ao ponto cego do seu olhar, aquele ponto que você olha para a íris há tanto tempo que ela deixa de ser íris e passa a ser apenas pequenos rasgos indefinidos de tempo, ele gozou. Assim, sem nenhum aviso prévio, sem gemidos, sem comoções. Apenas pequenos espasmos enquanto eu sentia sua porra entrar, sem permissão.

Ele caiu para o lado.

Desculpa.
É que parecia que você estava
olhando na minha alma.

Ficamos um tempo em silêncio.

Imagina.

Detestava quando as pessoas me diziam algo do tipo, principalmente porque eu nunca sentia chegar a lugar nenhum olhando nos olhos de alguém. Me sentia muito mais confortável, e isso era uma certeza, na presença de alguém no sono. Sem a atenção ou a busca. Por isso nunca conseguia cair no sono na primeira noite com um homem. Porque achava genial a chance de poder sentir a respiração neutra do homem desarmado ao meu lado na cama. E não queria que a noite acabasse. Com ele não foi só na primeira noite, eu me lembro. Foi na primeira e nas catorze seguintes. Mas era por outros motivos. Eu não queria perder um segundo sequer, tamanha era a minha agitação. Eu não entendia como ele dormia tão tranquilo, queria que ele estivesse como eu e não pudesse esperar o dia amanhecer para viver o que havia para ser vivido. Fosse apenas ficar naquele quarto, tão estranhamente familiar, fosse sair para os bares, todos iguais. Eu não entendia como ele dormia, mas respeitava. Também porque não sabia muito como deveria me comportar. Era a primeira vez que eu não saía fugida da transa, e o ato de compartilhar o sono com alguém é muito mais íntimo.

Transar eu havia transado bem antes. Mas era um namorado com quem eu nem queria ou nem gostava tanto; eu no segundo ano do colégio, ele no terceiro, eu com muito medo de ficar sozinha, e eu tinha um namorado finalmente, então fazia sentido que fosse com ele a minha primeira vez. E minhas amigas já davam o cu antes de dar a buceta; e agora penso, engraçado o verbo dar, porque eu não me senti dando nada, nem o cu nem a buceta. Assim você continua virgem, elas diziam, e eu até tentei uma vez, com esse mesmo namorado, mas foi uma dor insuportável, e eu disse não, tudo menos isso. Nunca havíamos dormido juntos porque tínhamos apenas os dias de turno inverso do colégio disponíveis, o horário do almoço, e quando o despertador tocava parávamos imediatamente e íamos para a educação física, mas também quase nunca chegava nesse ponto porque ele gozava antes. Ele gozava e íamos para o colégio, e fazíamos aula em turmas de meninos e meninas, e eu o olhava correndo vigoroso na quadra ao lado, jogando futebol, enquanto minha barriga roncava e eu fazia aqueles ínfimos polichinelos.

A verdade é que, por mais vasta que minha vida sexual tenha sido, minha vida íntima era infinitamente menor. E por isso ele a adentrou com uma fúria desordenada, como a criança que corre no jardim, aquela felicidade animalesca, sem saber que liquida com todas as flores.

Então, o estranho ao meu lado era o segundo homem com quem eu dividia a noite. Não sei se era uma boa escolha, mas não via minha vida feita de boas escolhas, mas de escolhas, apenas. E o que havia acontecido com aquela escolha é que ele havia me mandado uma mensagem no *Facebook*, O Diego soltou que você estava de volta, seria massa te ver. Se poderíamos marcar uma cerveja ou algo assim. Eu não o reconheci de imediato. Tive que passar por umas três fotos de perfil até lembrar das conversas em que discutíamos se tudo o que vivíamos, na verdade, não era fruto da nossa cabeça. Olhei para os seus olhos fundos, a pele morena, feito barro, os lábios finos, senti um zunzum dentro do peito, e então topei.

Topei e, quando o encontrei e estava cara a cara com a escolha do SIM, e ele me contava que era médico, que tinha uma filha de oito anos, de um caso que teve durante alguns meses, mas que a mãe da menina quis ter, então tem que respeitar, né, o corpo é dela, mas como isso muda a gente, muda muito; foi aí que me bateu uma tristeza tremenda, porque eu pensava que coisa louca, não é?, que coisa louca é isso das pessoas que veem a vida passar pela janela a sua frente; nós que só conseguimos enxergar a vida de fora e também crescemos, mas de algum modo eu olhava para ele e ele me lembrava do menino e eu tive pena, tive pena do menino com todas aquelas responsabilidades de pai e de homem e de médico, e eu pensei na minha mãe, e pela primeira vez também tive pena dela, e olhei de novo para o menino à minha frente, tentando me falar, em um tom muito adulto, como que lisonjeiro, como que sem segundas intenções, você quer que eu te deixe em casa?

E foi aí que eu fiz a segunda escolha da noite.

***

Era quase meio-dia, mas eu não sentia vontade de acordá-lo eu mesma e, por isso, fazia hora, torcendo para que isso acontecesse de forma natural. Já havia tomado banho e bebido duas xícaras de café. Agora lia, na sala, os ouvidos atentos para qualquer mínimo sinal.

Cruzei o corredor para pegar um copo d'água.

A imagem das suas pernas peludas na minha cama de criança.

O interfone tocou.

Dizia que era Laura lá embaixo.

Sem pensar muito disse pode subir, e então me olhei no espelho. Estava com um roupão da minha mãe, e, com o copo d'água na mão, reconheci traços em mim que me lembravam assustadoramente os dela.

Rapidamente saí do corredor e abri a porta.

Há!

O que você está fazendo aqui?

Desculpa a demora, só consegui me livrar da vida depois desses dias todos, mas não foi por desleixo, juro.

Você não está morando no interior?

Sim, mas vou passar o dia aqui com você.
Digo, o dia e a noite. Vou embora amanhã de manhã.

Olhei para o rosto de Laura, e então lembrei do corpo em cima da cama.

Você não está feliz que eu vim?

Uma estranha paz me atingiu. Que mania podre era a minha de não conseguir aproveitar algo bom. Fazia anos que não a via, e o ato de digitar a mensagem tímida e impulsiva, oi, tô por aqui, foi correspondente ao de apagar a ação da minha memória. Até porque não houve resposta. Mas não responder e aparecer na minha porta era a cara de Laura. E a cara de Laura estava mais redonda, o que só a deixou com um rosto mais sadio. Suas unhas, pintadas de vermelho, estavam descascadas nas pontas e eu sabia que a imperfeição a incomodava, então parei de olhar. Imaginei-a fazendo manicure de semana a semana, e então olhando para as mãos, depois de lavar a louça, atestando que nenhum esmalte era capaz de conter o cotidiano, que a vida desmascara até mesmo nossos cuidados mais singelos. Seus cabelos, pretos e presos no alto da cabeça com um coque mal feito, sua marca registrada desde os tempos do colégio. Laura era bonita demais desde lá. Pensei, provavelmente o estranho na minha cama ainda teria uma queda pela minha melhor amiga.

É claro que eu estou.

Eu a abracei. Ficamos assim por alguns segundos.

Vamos almoçar?
Estou morrendo de fome.

Olhei para meus pés descalços e para a faixa do roupão que pendia para baixo.

Deixa só eu me arrumar. Espera aí na sala.

Corri para o quarto e, pé ante pé, me vesti. Sua presença era como uma enorme mancha no lençol.

Sempre tive muito mais vergonha de colocar roupas na frente de um homem do que de tirá-las, e fiquei feliz pela privacidade concedida.

Antes de ir, deixei um bilhete:

Saí para almoçar com uma amiga que apareceu de surpresa, não quis te acordar. Foi bom te reencontrar, obrigada pela noite.

Um beijo,

Ela

PS.: ainda não descobri se a vida vem toda da nossa cabeça. Mas, com certeza, é irônica.

***

Laura pediu uma salada e um peixe, e só de olhar o aspecto morto do seu prato senti náuseas. Ou talvez o que me dava náuseas era saber que comia aquilo porque gostava. Ou então o que me dava náuseas era a minha inveja. Sim, tenho certeza. Olhei para baixo e tive a impressão de que a minha barriga estava um pouco maior, mas sabia que não comia quase nada havia semanas. Eu já tinha lido sobre algo assim, sobre como a mente engana e você acha que está engordando, quando não está. Eu morria de medo de ter anorexia. Confie na realidade, confie na realidade. Eu não comia quase nada havia semanas.

O garçom colocou um enorme prato de *carbonara* à minha frente. A gula e a fome entraram em guerra instantânea com a enorme bola de ar que subia do meu estômago até o pescoço. Você quer um pouco do meu?, perguntou Laura, decerto sentindo meu desconforto. Laura sempre teve um olho muito bom para essas coisas. Disse-lhe que não e, com uma mão no estômago e a outra segurando o garfo, comecei a misturar o ovo na massa.

A voz da minha mãe surgiu, como um cano que estoura na cozinha silenciosa. Como quando se está em um lugar e se sente o cheiro de alguém, sem motivo nenhum para isso. Me lembrei dela, no escritório do meu pai, já tarde da noite. Sabia que estava escrevendo, mas, mesmo sabendo que a atividade a angustiava, percebi que estava mais nervosa do que normalmente. Notei o computador desligado, e então o telefone, na mão marcada, a esquerda. Cheguei um pouco mais perto da porta. Sentei, de lado, de modo com que o ouvido ficasse contra a madeira grossa. Pude ouvir sua voz abafada, do outro lado da porta.

Você precisa pedir pra Laura ajudar.
Aqui em casa eu consigo, mas no
colégio é outra história.

Ela passou a mão direita pelo rosto, o cigarro de cravo na esquerda, a janela aberta, o cheiro que permanecia, a discussão iminente com meu pai, pela manhã. Senti meu rosto arder, uma mistura de raiva e vergonha profunda.

Isso é sério, Ana. Ela já está pesando quase setenta quilos.

A gema amarela me encarava com seu aspecto gelatinoso. Voltei a olhar para Laura, que comia lentamente, os olhos amendoados inclinados na minha direção e, se não fossem os remédios, eu quase poderia ter visto as engrenagens acima da sua cabeça, por entre os fios negros dos seus cabelos, maquinando como arrancaria um pedaço honesto de dentro de mim. E eu só perceberia depois do ato consumado, como tantas vezes em nossa adolescência.

Ela pergunta, finalmente:

E aí? Como tem sido?

O quê?

Voltar.

Eu respondo, segurando o riso:

Não vai ser fácil assim.

Laura sorriu e começou a me contar da sua vida. Tinha um filho pequeno, de um ano e meio, sem casamento, mas morava com o pai da criança havia cinco anos. Essa coisa de casar tá por fora, pra que eu vou gastar dinheiro com isso? Pra mostrar pros outros? Não preciso mostrar nada pra ninguém não, meu filho já tá lá, de prova.

Fiquei imaginando como seria o bebê. Era a única mãe que parecia não ter centenas de fotos da criança no celular, e, mesmo se tivesse, não havia feito questão de me mostrar sem eu pedir. Melhor assim, gostava muito mais de imaginar o rosto do bebê do que a possibilidade de vê-lo. Seu nome era Theo, o que eu achava bonito. Laura falava e eu me perguntava se seu filho já teria algum resquício das suas expressões, talvez tivesse sobrancelhas grossas e negras como as suas, ou então as pequenas sardas que se escondiam no seu rosto sob o sol de inverno.

Eu não pedi para ver fotos de Theo e não me senti nada mal por isso. Laura tinha esse dom com as pessoas. O dom de anular as convenções, a culpa. Passava por cima das supostas regras sociais com uma naturalidade que me assombrava. Lembro de uma vez, muitos anos atrás, quando saímos para tomar uma cerveja e encontramos o namorado de Laura no mesmo bar. Ele estava com uns três amigos, e os dois trocaram um beijo apaixonado. Nesse momento, pensei que a noite seria outra, que nos sentaríamos ali com eles e viveríamos outras conversas, de muito menos intensidade e profundidade, isso era uma certeza, por isso eu já puxava uma cadeira da mesa ao lado para que sentássemos perto, quando ouço o homem falando para Laura, Ei, você vai separar os papos? E quando olho, a alguns metros de distância, a vejo colocando sua bolsa em outra mesa, e dando com os ombros para o homem, serena, como se não houvesse outra maneira de fazer, de existir. Eu fingi que nem havia puxado cadeira nenhuma, e fui para o seu lado. Durante a primeira meia hora sentia o olhar do seu namorado se voltar para a nossa mesa, e me perguntava se era só eu quem sentia. Olhava nos seus olhos enquanto Laura ria de um assunto qualquer, e eu pensava que talvez fosse uma forma de diversão, para então, com o passar do tempo, concluir que nem isso. Laura verdadeiramente não se importava, e não era que não o amasse, não era sobre amor, não era sobre sentimento nenhum, era sobre estar presente, sobre ser completamente absorvida pelo outro, a outra, sobre enraizar-se tanto no momento a ponto de ser impossível estar vivendo tanto ao mesmo tempo. Éramos muito jovens, e ali era eu ou ele, sua atenção não seria dividida. Ponto. Pensei então na minha imagem em meio à sua sala de estar, eu um tanto desconfortável, eu completamente aérea, eu planando sobre as regras sociais sem conseguir entendê-las, sem raízes suficientes para me fincar em algum chão, algum cômodo ou célula, eu levava minha taça à boca, mas nunca naturalmente, o ato era sempre premeditado pela boca seca, o engolir que arranha, seja quando estava apenas eu com os dois, ou então pior, na única vez em que ele estivera ao meu lado, uma imagem que não conectava e não fazia sentido, Laura e seu marido em São Paulo, alguns exames que ele tinha de fazer, eu já nem me lembro o motivo, mas lembro que Laura estava nervosa, eu tinha vontade de abraçá-la mas não o fazia, e por que não fazia?, por que eu não podia ser mais fluida e lhe perguntar,, Está tudo bem? Sei que você está esquisita, e levar o namorado e os namorados para a cidade natal e para conhecer os amigos de infância? Por que tinha de ser naquela circunstância, eu encurralada, sem poder dizer não, numa casa que não era minha, um homem que não era meu, um corpo eternamente estranho, e compreendíamos, ambas, que eu apenas era assim. Compreendíamos, nas entrelinhas, nos fios, nos emaranhados. Compreendíamos durante os anos e anos de raras ligações e zero visitas.

Você tem vontade de conhecê-lo?

Havia enfim chegado o momento das fotos. Nem mesmo Laura havia resistido. Eu sorri com o canto da boca e disse que sim, esperando que pegasse seu celular e acabasse logo com isso. Mas sua mão permaneceu cortando o peixe, levando-o até a boca. Mastigou por alguns segundos.

Então amanhã você volta comigo, e almoçamos.

Senti a bola de ar se expandir um pouco mais, e imaginei o corpo de Laura se expandindo, se expandindo, até tomar conta do restaurante inteiro e explodirmos, todos.

Eu queria conhecer seu filho, mas estava assustada demais por sequer imaginar uma extensão das suas sardas.

Como se, ao vê-lo, fosse me dar conta de que já estava velha demais, ou de que ainda era jovem demais.

Preciso de mais um dia aqui, para ver
minha mãe, e aí vamos.

Laura me olhou.

Você ainda não foi?

***

Vejo Laura com uma camiseta GG, minha, na cozinha. Prepara um copo de leite quente como quando tínhamos dezesseis anos. Estou sentada no chão, apoiada na porta do meu quarto, com um velho moletom. Laura espera, paciente, que os dois minutos passem, revezando seu olhar entre a vista às suas costas e a xícara no micro-ondas.

Lembro dos tantos apartamentos que vimos, antes da minha mãe encontrar essa vista, especificamente da janela da cozinha. A tarefa em si já é ruim, prefiro não ter que ficar encarando a mim mesma. Hoje, olho para o rio, a alguns quilômetros de distância, e lembro das suas mãos, lavando a louça. Olho novamente para Laura, e consigo imaginar minha mãe chegando e brigando por estarmos com os pés no piso frio. Sem escrúpulos, como se Laura fosse sua filha mesmo. Depois, quando achasse que Laura não estava por perto, diria que ela se largou, e me perguntaria o que estava acontecendo. Laura escutaria, como todas as outras vezes, mas não diria nada. Eu apenas responderia que nada havia acontecido, e que se andava assim é porque queria. Todas as vezes, a mesma resposta. Nunca falamos sobre isso, um contrato silencioso, uma confiança de antes. Como quando tínhamos cerca de dezesseis anos, e Laura estava com uma tosse terrível que não passava, já fazia mais de três meses. Eu estava na sua casa e, entre um quase engasgo e outro, me disse, com a voz pesada, sabe, minha avó pediu para que eu fizesse um exame de tuberculose. Eu sabia que era uma doença já quase erradicada, mas diante dos meses e meses da sua voz rouca como se imagina que seja o núcleo da terra, a possibilidade não me pareceu tão distante. Eu não respondi nada, apenas virei para o lado e continuei o que estava fazendo.

Sabe, é contagioso, escutei-a dizer.

Eu sei, respondi, sem parar de mexer na gaveta.

Saiu do quarto e voltou com um copo d'água, então tomou um gole e me ofereceu.

E eu o tomei.

Inteiro.

***

Ao chegar ao fim do seu estômago, quase na entrada da virilha, senti uma linha saliente atravessá-la, como os trópicos fazem nos mapas de geografia.

Laura dormia ao meu lado, e eu podia ver suas costas nuas subindo e baixando, em total compasso com a respiração fluida. Os longos cabelos negros e encaracolados estavam bem perto do meu nariz, de modo que podia sentir o perfume do xampu. Sempre foram muito perfumados, seus cabelos. O sono de Laura era o único sono que me inquietava. Virei-me para o lado oposto, de modo que nossas costas tocassem uma na outra. Ou então que o tecido da minha blusa tocasse sua pele. Eu não conseguia dormir nua, sentia muito frio, mas algo dentro de mim já apontava outra coisa. Porque não era apenas a blusa. Desde que havia chegado, não conseguia dormir sem uma costura comprimindo o estômago. Antes uma calça ou shorts bastava, mas nos últimos dias estava pior. Precisava de uma costura bem ali, na linha do umbigo, de modo que quando acordasse poderia baixá-la e ver que sua marca permaneceria por mais algumas horas.

Virei-me novamente para Laura, e passei meu braço por cima do seu estômago livre, sem amarras. Quando éramos adolescentes, me pedia para lhe fazer longas massagens, tirava a roupa e me estendia o creme. Eu sentava em cima da sua bunda nua e começava a passar as mãos por suas costas. Quando chegava às laterais, embaixo das axilas, escorregava a mão suavemente por baixo, de modo que as pontas dos meus dedos roçassem em seus seios. Mas eu nunca tinha coragem para fazer nada além disso, nem Laura de dizer que queria.

Até um dia em que estávamos dormindo, lado a lado, como dormíamos agora. Laura de costas para mim, eu com a visão das suas costas nuas, só que dez anos mais jovens. Passei meu braço em volta da sua cintura, e escorreguei meus dedos por entre seus seios. Desconfiei que estava acordada, mas não tinha certeza. Pensei na minha mãe, dormindo, a alguns metros de distância, sem desconfiar do lado lésbico da filha. Laura se mexeu, pressionando mais sua bunda contra a minha barriga. Eu apertei seu seio, e passei a boca por seu pescoço. Ela inclinou a cabeça para o lado, tocando a boca na minha. Desci minha mão por sua barriga, então pelas coxas, até chegar nos seus lábios. Passava meus dedos por eles, e ficamos assim, boca e boca, dedos e lábios. Sentia sua respiração arfando chegar até meu céu da boca. Soltou um longo gemido. Eu soube que era a hora de parar. Virou para um lado e eu virei para o outro. Não falamos mais nada. Com o tecido da minha blusa tocando suas costas nuas, senti que dormiu antes de mim. Na verdade, lembro de ter dormido já bem tarde, quando o sol invadia as persianas e eu podia escutar os passos da minha mãe pela casa. O sol foi entrando no quarto à medida que minhas pálpebras baixavam e baixavam e baixavam.

Sentia de novo a adrenalina que estar ao seu lado me proporcionava. E ria internamente do sentimento, achava um pouco ridículo voltar a sentir aquilo depois de tantos anos. Mas eram tantas as memórias que eu insistia em fechar os olhos.

Nós duas tomando vodca Askov na sua casa, Laura tinha dito para uns meninos que se eles trouxessem até lá poderiam subir. Quando chegaram, pegou a vodca, deu um beijo em um e puxou minha mão, eles ficaram nos olhando e gritando, do outro lado do portão, ei, e o combinado? Mas Laura não ligava para nenhum combinado além do feito consigo mesma, renovado a cada instante por um impulso que eu nunca soube decifrar.

Eu fazendo suas provas de literatura, todas elas, sentávamos sempre encostadas na parede. Laura na frente e eu atrás, de modo que eu fazia sua prova primeiro e trocávamos as folhas, minha mão doía ao começar tudo de novo, mas eu gostava, gostava de ser boa em algo, tão boa a ponto de fazer duas resenhas completamente diferentes, defender pontos de vista opostos, letra de forma para Laura e cursiva para mim, na época eu achava que ninguém desconfiava, hoje não tenho tanta certeza.

As memórias invadiam minha mente feito luzes da cidade, uma janela se apagava e logo outra acendia. Laura e eu dentro de uma festa lotada, quatro da manhã, eu queria ir embora, mas Laura estava trôpega, eu pensava como chegaríamos em casa, o lugar era perto e tínhamos ido a pé, mas voltar tinha se tornado impossível. Me disse que precisava respirar, saímos da boate, algumas pessoas fumavam, puxava assunto com quase todas, eu ia me sentindo cada vez mais desconfortável, como se minhas roupas encolhessem a cada segundo. Laura me pediu uma água, insisti para que entrasse comigo, disse que não conseguiria, lá dentro era muito abafado, eu me dirigi à porta de entrada, enquanto sentia o bafo de suor e cerveja me atravessar, coloquei um pé para dentro, mas não os dois, pois foi aí que me deu um instinto — eu nem sei dizer se foi instinto, é só uma dessas coisas que a vida está acontecendo na hora, não há tempo de pensar —, e eu virei o rosto para trás e vi Laura pedindo carona, foi uma questão de segundos, eu corri mas já tinha entrado no carro, só tive tempo de escutar a música alta, ver de relance quatro vultos, a sauna feita ali dentro impedia qualquer foco decente que meu olhar tentasse improvisar. Fiquei parada, assistindo a eles irem embora, sabendo que depois da curva não poderia mais segui-la com meu olhar. E assim voltei para casa a pé, o coração acelerado, por favor por favor por favor, lembrando de todas as rezas da infância, mas as rezas se misturavam, e eu pensei, Por favor, se realmente existe alguém aí, não deixe que nada aconteça, por favor — e hoje eu penso, Existe realmente um senso na adolescência, alguma confiança cega no mundo de que alguém está olhando por você, não falo de Deus ou nada do tipo, porque apesar das minhas preces eu sabia, lá no fundo, dentro do buraco do buraco do buraco, que chegaria em casa e a veria, ou então não sabia nada, mas mentalizava com tanta força essa imagem que praticamente se materializava —, e quando eu cheguei ao portão lá estava Laura, sentada nos degraus da pequena escada, fumando um cigarro, e eu a olhei com um ódio e fui reto em direção ao elevador, apenas para que se levantasse devagar, desse uma pequena corrida até me alcançar e segurasse minha mão.

Já não podia mais, fechar os olhos era inútil, tentar dormir ao seu lado era inútil. Desci meus dedos pelo início da sua barriga, lentamente. Podia sentir uma nova flacidez na sua pele morna. Laura não se mexia, eu tinha certeza de que dormia. Ao chegar ao fim do seu estômago, quase na entrada da virilha, senti uma linha saliente atravessá-la. A linha tomou conta das minhas mãos, envolvendo-as por uma minúscula eternidade. Eu a abracei.

O tempo havia passado, e eu olhei para a varanda, que projetava na parede uma sombra azulada. Senti uma calmaria adentrar o quarto. O vento acariciou meu rosto. O tempo havia passado. E dormimos.

***

Laura, eu e algumas outras amigas corremos em direção à cantina do colégio. À nossa frente, alguns meninos do terceiro ano compram seus lanches. Todos fazem seus pedidos. Nós os olhamos e desviamos nossos olhares quando nos olham de volta. Eu sou a que menos olha. Laura diz que um deles olha para mim, *em particular*. Eu respondo que está viajando. Chega a minha vez. Peço um folhado de queijo. Qual o seu nome? Ela, eu respondo. A moça começa a anotar o pedido e então para de escrever. Levanta novamente seu rosto na direção do meu:

Ah, querida. — Um sorriso piedoso. — Eu não posso vender para você.

Laura me olha como quem não entende, mas sinto um peso atrás, bem na nuca, porque eu já saquei tudo. Sinto meus olhos umedecerem, mas não vou chorar.

Sua mãe passou aqui ontem... — continua.
Eu já entendi.

É o que respondo, mas quase já nem posso escutar minha própria voz, como se o som fosse deixado para trás (barulho da cantina, meninos rindo, mastigadas e o desembrulhar de cada lanche, crianças correndo no pátio, os próximos pedidos que mal esperam eu sair da fila para se atravancar por cima de mim), enquanto viro as costas e saio, andando devagar e firmemente.

Posso ver o banheiro feminino cada vez mais perto. Minha face queima. Os passos de Laura são largos, tentam me acompanhar. Laura diz coisas como, ela não pode fazer isso! Ela não tem esse direito! Mas eu também quase já não a escuto. Apresso o passo à medida que chego mais perto da porta e a abro com estupidez. Uma série de meninas que se olham no espelho, enquanto passam *blush* e corretivo, de repente me encaram. Num passo só, me tranco numa das cabines.

Sento no vaso sanitário, com as pernas encolhidas. À minha frente, pichações como VACA PUTA GORDA PIRANHA VADIA se espalham como formigas sobre a areia branca.

Vejo, pelo vão, o corpo de Laura sentando-se no chão, com as costas contra a cabine na qual estou encasulada. Alguns minutos se passam, e as outras meninas saem do banheiro. Ficamos assim, em silêncio, as duas.

***

Quando acordei, Laura já não estava na cama. Me levantei, um pouco confusa, com o peso da sua ausência. Mas não se tratava da ausência de Laura. Eu ainda não tinha tido coragem de ir ao hospital. Sabia que quanto mais tempo se passava, com mais vergonha eu ficava, dos médicos, das minhas tias cada vez mais cansadas, todas cada vez mais e mais cansadas, suas chamadas no meu celular, eu sabia que estava sendo egoísta, em algum lugar eu sabia, mas tinha vontade de dizer, Vocês não fazem ideia do processo. Vocês não fazem ideia da volta, do cansaço, da memória.

Teria que ir naquele dia. Eu não tinha exatamente vontade de ir — sempre odiei hospitais —, mas sentia muita culpa. E quando não sentia culpa sentia a culpa de não ter culpa. E sabia que quando finalmente fosse, sentiria a culpa de não saber o que fazer, ou de estar lá contando os minutos para que fechasse o tempo aceitável (e qual era esse?) e eu pudesse sair logo.

Laura entrou no quarto, já vestida, com uma luminosidade no rosto que eu não tinha.

Nunca tive.

Vamos?

***

Caminhamos, as duas, em direção às catracas. Os recepcionistas são todos bem-arrumados e minimamente atraentes. Lembro de quando Laura trabalhava em restaurante, nos quais as pessoas eram contratadas também pela sua aparência. Me pergunto se é esse o caso.

Eu nunca suportei hospitais ou cemitérios. Fico completamente aberta e desconfortável, posso sentir a parte do mundo — essa que é mais do lado de lá — adentrando meus poros.

Quarto 118, eu escuto Laura dizer e, só então, percebo estar parada do seu lado, sem falar nada. A atendente, que usa um batom rosa-choque, os longos cabelos presos num coque lambido e tem as unhas compridas e pintadas de cinza, digita algo no computador. Escuto ela dizer o nome da minha mãe e averiguar se é para lá mesmo que vamos. Escutar o seu nome na boca de uma estranha é animalesco. A sensação é de que estou no cenário de um filme, mas trocaram os roteiros. Eu a escuto pedir nossas identidades. Pego a minha na bolsa, e Laura entrega a sua também. A diferença é que a minha é recente, e a de Laura está completamente desgastada, um pouco rasgada e suja. Na sua foto, ela tem quinze ou catorze anos. Olho para a retrato e em seguida para o seu rosto, e não me espanto em constatar que me sinto mais próxima à menina impressa do que à mulher de carne e osso, parada ao meu lado. A atendente entrega nossos crachás, subimos.

Passamos por diversos corredores com máquinas de lanches e sucos. A cada esquina, álcool gel pendurado nas paredes. Eu o uso todas as vezes, e sinto, a cada nova passada, minha mão ficar mais fria e ressecada.

Chegamos, escuto Laura dizer. Olho para a placa do quarto e, subitamente, um número que não me dizia nada agora é associado à sua imagem. Penso que ela está do outro lado daquela porta. Penso que se eu girar a maçaneta estarei numa proximidade inegável do seu rosto. E então me dou conta que ali, do lado de fora, existe um campo de força ao meu redor, nunca antes vivido. Me dou conta que, por mais caótico que esteja a experiência dentro de mim, é a primeira vez que me sinto, de fato, segura neste mundo.

E então digo para Laura.

Não consigo.
Não ainda.

Mas isso é uma mentira.

Não é uma questão de conseguir.

Apenas de compreender um pouco mais essa nova vida, que não se alarga pela existência dela.

***

Laura morava numa casa grande, toda azul, sem muros. A casa tinha diversos compartimentos, de modo que quando você entrava via um quintal, com muitas árvores, um carrinho de compras velho, onde havia cactos de tamanhos e tipos diferentes, e uma enorme rampa que subia, em direção aos fundos do terreno, afunilando-se até chegar onde eu imaginava que seria seu estúdio, mas não sabia se ainda cantava. Ao lado da rampa, estava a casa. Tinha uma decoração rústica, portas que poderiam ter sido construídas pelas próprias mãos do seu marido — que era, no meio de uma sinfonia de coisas, marceneiro. O marido marceneiro, mesmo eu tendo a sensação de que, no fundo, ele não era nada, apenas um vasto leque de possibilidades nunca alcançadas por completo —, e uma coleção de pratos antigos pendurados na parede da sala. Então veio Theo.

Caminhando com passos cambaleantes, o menino moreno veio correndo na sua direção. Seus cabelos eram encaracolados como os de Laura, mas a semelhança parava por aí. Theo era a cara do pai. Me perguntei se isso a incomodava, e incomodava, e então disse:

Ele caminha como você.

A mãe o pegou no colo, levantou-se e sorriu para mim, com o olhar de agradecimento. E então disse, Vamos comer.

O marido de Laura chegou um pouco depois, quando já estávamos na metade do macarrão.

Oi, amor, desculpa a demora — disse, dando-lhe um beijo na boca.

Ele passa o dia nesse galpão — Laura observou, olhando para os fundos da casa.

Suas mãos eram sujas, e ele pegou o prato sem lavá-las, Laura pareceu não se importar. A massa estava deliciosa, e Theo se lambuzava comendo, o molho de tomate pela cara inteira. Meu estômago respirava, parando de se contorcer pela primeira vez em dias.

Aquilo é limão? — perguntei, apontando com a cabeça para uma das árvores.

Minha boca ainda estava meio cheia, e eu senti minhas bochechas corarem.

É sim — o marido respondeu. — Limão taiti, pega uns antes de sair.

Ao final do almoço, o marido começava a tirar a louça, enquanto Laura limpava a boca de Theo com o pano de prato, que estava sobre seu ombro desde que preparara a massa.

E você ainda canta? — perguntei.

Ah, cantar eu canto. No chuveiro, na cozinha. Não sei não cantar. Mas profissionalmente estou dando um tempo. Tem uma hora que a vida bate na porta — Laura respondeu, sem tirar os olhos de Theo. Sua voz era leve, e parecia não haver rancor.

Vocês querem café? — o marido perguntou, da cozinha.

Ambas dissemos que não, e ele ficou parado à soleira da porta, como que diante de um grande impasse.

Mas se quiser faz só pra você, amor.

Ele voltou para a cozinha.

Pude ouvir o som da água escorrendo e batendo contra a louça suja.

Faz mais de ano que não dormimos direito — Laura ainda falou, enquanto eu olhava

para os limoeiros ao sol e relutava com o enorme
lado de mim que desejava uma vida simples.

***

Antes de você ir, posso pedir um favor?
— Laura me disse, quando eu já me
preparava para sair. — Você pode olhar o Theo,
enquanto eu dou um pulo na vizinha? É só devolver
umas coisas, não vou demorar.

Laura, você sabe que eu não sou muito boa...

E então Laura já tinha saído, me convencendo sem eu dizer que sim, como tantas vezes antes. Fiquei em pé, com a mamadeira e a babá eletrônica na mão. Podia escutar seu marido, no galpão, falando com alguém ao telefone. Não estava perto o suficiente para saber do que se tratava, mas podia sentir que seu tom era formal. Me sentei e esperei, sem saber exatamente pelo quê. Lia, conferia o *Facebook*, nada de novo, só uma mensagem daquele amigo do colégio. Queria me ver; ainda não sabia se o veria. Pelo horário, já não conseguiria ir ao hospital, teria de ser no dia seguinte. De quando em quando, olhava para o pequeno monitor ao meu lado, onde Theo dormia de bruços. Quando tinha certeza que o marido de Laura estava entretido demais ao telefone, segurava a pequena caixa bem perto, à altura dos meus olhos ,e me certificava que Theo ainda respirava.

O marido fechou a porta do galpão, mas as sólidas paredes que abafavam sua voz não eram grossas o suficiente.

Ele estava muito exaltado, e eu sabia que algo daquele tipo ia acontecer, porque aquilo era a minha cara e a cara de Laura, é claro que eu não passaria incólume. Eu senti o canto da minha boca esboçar um início de riso, porque era assim desde o colégio; Laura me convencendo de que as coisas não teriam consequências e as consequências vindo, como chuva repentina sob o céu claro de verão, nós duas olhando para cima, cobrindo o topo da cabeça com o casaco antes amarrado na cintura, um gesto simbólico apenas, nada funcional. Foi assim que me lembrei de quando ficamos bêbadas daquele vinho mequetrefe, que compramos por cinco reais, Lágrimas de Uva, ele chamava — minha mãe teria um ataque e a oportunidade me causava uma festa bem no meio do estômago —, e nós duas, no meio da quadra, uma garrafa pet de um litro e meio, nós duas tomando o vinho de canudinho, o vinho quente dentro da minha mochila, nós duas no meio da quadra, deitadas sob o sol, repentino e agradável, finalmente agradável, batendo contra o meu rosto, contra o nosso rosto, porque tudo que era meu era meio de Laura também. Os outros alunos estavam todos na aula de artes e o raio que o parta, e nada nunca foi mais artístico que as nossas roupas manchadas de roxo, e então minha mochila manchada de roxo, e pingando inteira, e Laura me olhando e nós duas correndo para o banheiro masculino porque o feminino estava lotado de meninas patéticas com suas presilhas de cabelo e borrachinhas azuis, e Laura e eu, que a partir daquele momento éramos roxas para sempre e entramos no banheiro masculino, e nada era mais artístico do que Laura me perguntando:

Zoou muito?

E eu respondendo, Tipo isso? E levantando minha apostila de matemática inteira encharcada, e aquilo foi de uma liberdade, porque não importava mesmo, e aquilo foi uma porra de uma arte contemporânea do caralho, muito mais artístico que minha perna toda roxa, muito mais artístico do que minha mãe com suas poses e cigarros, muito mais artístico que qualquer quadro e exposição, e Laura me olhou e riu e eu ri e nessa hora bateram na porta do banheiro e a gente se olhou, e Laura pegou o rótulo da garrafa e jogou no lixo (o que não adiantaria de nada), e bateram de novo e nós dissemos, Já vai!, e: O que vocês estão fazendo aí?!, e: Nada!, já vai!, e aquele riso de nervoso e novas batidas e água da pia fria pra tirar o vinho da roupa encharcada que também deixava a pele fria, tão fria quanto a água, e o roxo já não era tão legal — mas o vinho não sai nem com alvejante, eu descobriria mais adulta — e: É melhor vocês saírem agora! E nós duas nos olhamos e já não tinha riso de nervoso, tinha só nervoso mesmo, só nervoso e então uma tristeza serena, uma tristeza de que valeu a pena, porque naquela época eu já estava entrando numa depressão fodida e esse foi um dos únicos momentos em que eu saí dela, então é claro que valeu a pena, e Laura sabia, porque Laura é uma dessas pessoas que capta o mundo e é generosa, e então nos olhamos com essa tristeza de que valeu a pena e abrimos a porta do banheiro ,e Laura, que estava um pouco à minha frente, virou-se para mim, abriu um sorriso e ZUM. Picou a mula.

E a bedel pôs-se a correr atrás de Laura, mas Laura era conhecida por correr que nem uma filha da puta, e por isso, quando a gente jogava misto na educação física, os meninos todos a queriam no time deles, e quando a bedel parou para tomar fôlego Laura já estava bem longe dos muros da escola, e, apesar de não ver nenhum sentido na sua decisão — porque [illegible] ligariam para os seus pais e sua volta era iminente —, eu achei aquilo de uma genialidade e de uma espontaneidade, e eu lembro de pensar que se pudesse nascer de novo eu queria ter isso com a vida, porque é claro que ela sabia da consequência, mas parecia que não se importava, que não tinha medo, porque Laura não vivia pensando no depois, apontava o fundo da testa e ia, como uma seta que não sabe sua direção exata mas sabe que VAI.

E eu a assistia IR como eu assistia a tudo, assistindo e observando e significando, e eu podia sentir o vento gelado contra o seu rosto enquanto continuava correndo e correndo e correndo, o mesmo vento que eu havia sentido também no meu rosto enquanto estávamos na quadra, porque parecia que o único modo de viver era através dela, como se eu fosse o que restava de uma árvore *quase* morta e Laura me alimentasse através de suas próprias raízes (por baixo da terra, o cordão umbilical, nossos emaranhados), e aquilo foi me dando uma angústia, toda minha insuportável e constante autoconsciência, pois era naquele momento em que eu concluía: Laura não tinha noção de que fazia parte do todo e por isso simplesmente ia, como flecha já lançada, como junção de ar e fogo, o eterno redemoinho (e como eu sobrevivi a sua presença?), e eu invejava sua ignorância enquanto existia em mim demasiada consciência de mundo, e é por isso que eu pisava com muito cuidado, tateando, sentindo meus passos, como se vivesse presa no segundo entre o escuro e a claridade completa, meus olhos nunca acostumados à luz, para sempre entreabertos.

Um som irrompeu da babá eletrônica. Era Theo que, agora de pé, soltava pequenos gemidos; o prelúdio do choro. Levantei-me e, com a mamadeira, fui em direção ao seu quarto, mas quando cheguei perto da porta não havia choro algum. Por intuição, e apenas isso, não entrei, voltei à sala e segurei novamente a babá eletrônica. Agora sentado, Theo mexia no pano ao qual antes dormia abraçado. As ordens foram claras, se ele acordar, dá isso. Mas eu não conseguia me levantar. Só existia Theo, e eu com uma sensação não decifrada no meio do estômago.

Uma sensação que me trouxe de volta para quando eu tinha uns quatro ou cinco anos, nos raros momentos em que era deixada sozinha, nos momentos em que eu ia ao banheiro e encostava a porta, de modo que pudesse ficar só um pouco parada, escutando o que quer que existia dentro de mim. Lembro que pensava nos dinossauros, por algum motivo era isso que me vinha à cabeça, um enorme *Tiranossauro rex*, enquanto olhava para a pia, minhas costas contra a madeira fria da porta. Mas o momento sempre era interrompido pelo chamar da minha mãe, que não admitia que nada em mim existisse sem que ela estivesse assistindo, e, assim, eu voltava para o quarto, para todas as brincadeiras de criança, que de brincadeiras não tinham nada.

Theo continuava sentado, olhando para a frente. Eu não queria arrancá-lo daquele momento. A verdade é que o invejava. O invejava por ser eu, do outro lado do quarto, a responsável por não o arrancar dessa observação da vida. Theo estava completamente calmo, e eu também. Eu estava calma e torcia para que ele descobrisse coisas que eu não cheguei a descobrir, ou então que as descobrisse antes.

O marido de Laura parou de gritar e o repentino silêncio me assustou, como em um flagra. Senti como se houvesse mais de cem babás eletrônicas espalhadas pela sala, que por sua vez me observavam, pensei em minha mãe no hospital, me senti uma péssima filha. Theo começou a chorar, olhei para a mamadeira na minha mão, me senti uma péssima adulta, e me senti uma pessoa ruim por observar Theo com tamanha instigação, num momento que era seu. Acima de tudo me senti uma irresponsável. E o gosto da irresponsabilidade era amargo e só. Ouvi a chave na porta da cozinha e, antes que Laura pudesse entrar, eu já havia acendido as luzes, deixado a mamadeira com Theo e ido em direção ao carro.

Obrigada, obrigada, obrigada — eu lhe disse.
— Foram dois ótimos dias.

Não lembro o que respondeu, mas foi algo genérico como, Me dá notícias da sua mãe, ou, Venha quando quiser; ou, Sinto sua falta.

***

Estamos eu e ela no carro. Eu tenho quinze anos e peso setenta e oito quilos. Olho para a janela e me pergunto por que não podemos fazer isso em casa. Penso no meu pai, o escritório, as teclas do computador, a porta de vidro fosco. Olho para a sacola da farmácia, abaixo dos meus pés. Algodão, seringa, prescrição médica, onde ela consegue tudo isso mesmo? Iniciam-se os preparativos. Sinto o cheiro do álcool. Não tenho medo da agulha, mas o cheiro do álcool me perturba. Talvez por estarmos fechadas dentro do carro. Olho novamente para a janela. Desta vez a abro, um pouco. Do lado de fora, um frescor hostil. Eu apoio ambos os braços, esparramados, ao longo da janela. Descanso minha cabeça e olho a rua por alguns instantes, antes de fechar os olhos. Sem avisos prévios, sua mão levanta meu vestido e a metionina penetra na minha coxa. Eu puxo o ar, como num susto, e lembro de Laura, me ensinando a tragar.

Pensa que você acabou de ver a sua mãe!

Olho para ela, suas mãos, as unhas feitas, nossos traços semelhantes e distantes, tão distantes. Olho para ela enquanto penso que não preciso ser pega no flagra para me assombrar com a sua presença.

Ela empurra o êmbolo da seringa até o fim. Ao final do processo, passa um algodão na minha perna e me diz que eu segure, um pouco.

Você tem certeza que isso emagrece?

Ela não responde, eu continuo:

Eu não perdi quase nada, até agora.

Ela não responde. Põe a seringa usada em outro saco plástico e dá partida no carro. Voltamos para casa e, tirando a marca na minha coxa, é como se a cena nunca tivesse acontecido.

Mas a cena se repete.

E se repete.

E se repete.

***

No carro, o espelho do retrovisor refletia o sol de fim de tarde e me cegava, de vez em quando. Nos intervalos disso, olhava para o meu rosto, e tinha a sensação de que via todos os rostos que já passaram por mim. Todas as idades, fases, cabelos, acessórios e maquiagens. A enorme e bizarra sinfonia das tentativas que não combinam. Das tantas vezes em que me olhei, quem eu havia me tornado? O céu começava a assumir tons pastéis, o sol já tinha sumido de vista, e o que restava da sua presença eram alguns últimos raios. Eu deixava a casa de Laura para trás, enquanto pensava nas pessoas que fomos. Aquelas duas meninas que somos e não somos nós, das quais nos lembramos como se nos lembrássemos de outras pessoas, como se alguém nos contasse uma história, você sabia que uma vez aconteceu isso? E como num *déjà vu,* a lembrança parece familiar. Não só no corpo, principalmente no corpo. Pensava também que gostava do frio, porque sentia que o dominava. Meu corpo envolto em roupas e roupas, com o cinto bem apertado no estômago. Pensava também que um adulto, ao se olhar no espelho, é como uma criança que observa o escuro.

***

Fui novamente ao hospital. Enquanto dirigia, só conseguia lembrar do estúpido velório da mãe de um amigo, no qual tinha ido alguns anos antes. O que importa na cena não são os filhos em volta do caixão, não é ele ao meu lado, apesar da minha insistência para que não fosse, não é o quão estranhamente à vontade eu me sinto nesses eventos, nem os escândalos dramáticos que aconteceram ali, a irmã tentando arrancar o véu que jazia sobre o rosto da mãe; vamos para o hospital, mãezinha, já é a hora.

O que importa é que depois disso tudo eu liguei para minha mãe. A princípio não disse onde eu estava, mas fazia anos que eu não ligava para ela, e ela atendeu e trocamos amenidades por alguns segundos, então tive vontade de dizer e disse que estava com medo que ela fosse a próxima. E ela riu, e disse: provavelmente serei. E ficamos um tempo em silêncio e então ela falou, Estou orgulhosa que você está aí. E eu disse obrigada e foi isso. E agora eu não conseguia deixar de pensar nos rostos das pessoas no velório, e nas pessoas abraçando a família, e nas pessoas não sabendo o que dizer, e se seria assim comigo, se ela, com seu humor sarcástico, estivesse certa mais uma vez e fosse, sim, a próxima?

Enquanto dirigia minhas mãos suavam tanto que, de vez em quando, eu tinha de limpá-las na calça jeans, e, quando cheguei, o processo foi imensamente mais rápido do que ao lado de Laura.

Mal olhei para o rosto dos atendentes, dei meu CPF, me entregaram o crachá, passei pela catraca, subi o elevador, eu deslizava pelos corredores, já sabia o caminho, sentia o ar gélido do ar-condicionado afagar a minha pele, corria com o intuito de não ser mais permissiva. Cheguei à porta do quarto, olhei para o número 118, coloquei a mão gelada sobre a maçaneta de metal e entrei num só passo.

Quando a vi, foi como se, ao invés de ter vivido o que vivi nesses últimos dias, tivesse dado meia-volta, desde a última vez que a vi, e entrado novamente. Sua expressão neutra me lembrava a de uma fotografia. Ver minha mãe daquela forma era como ter tirado uma fotografia sua, enquanto dormia, e a olhar novamente dia após dia.

O médico disse, com uma euforia extremamente controlada, que ela havia mexido a mão. Era um alívio, mas ele não queria me dar nenhum tipo de esperança, eu podia ver em seus olhos. Pode não significar nada, ele disse, pode ser que seja apenas um ato reflexo. Mas eu estava aqui. Aconteceu. Para sabermos mais só nos resta observar.

Esperar, eu respondi. Sim, esperar, ele me disse, com um sorriso cansado que tentava expressar compaixão. Me perguntei quantas vezes por dia ele teria que forçar aquele sorriso, se o teria treinado no espelho, com medo que soasse irônico, insensível ou clichê demais. Não, isso seria algo que apenas eu faria.

Ele saiu, e fiquei observando a mão. Olhá-la me lembrava de quando olhei para os olhos fechados de meu pai. A certeza de que não se abririam, e o medo imenso que se abrissem. Minha mãe me tirando de perto, dizendo, assim você está chamando atenção *demais*. Como se dissesse: chamar um pouco de atenção tudo bem, mas desse jeito passa do ponto. E qual era o ponto? Onde estava a marca invisível?

Agora, eu não tinha tanta coragem. E o que acontece que a gente vai envelhecendo e vai perdendo a coragem? E talvez eu só me atirasse sobre o corpo dele com tanta avidez por saber que ela estava ali, para me tirar de cima dos trilhos. Me aproximei um pouco mais da sua mão. Foi quando me imaginei olhando-a bem de perto e de repente ela me dando um tapa na cara. Ri sozinha, com a possibilidade.

As enfermeiras chegaram e informaram que era a hora do banho. Num impulso, perguntei se poderia ficar. Qual o grau de parentesco? Filha. Elas se olharam, claramente desconfortáveis. Então me olharam novamente. Eu fiz uma cara de coitada e olhei para minha mãe. Peguei na sua mão. Sua mão era quente. Elas disseram que sim, eu poderia ficar.

Sentei novamente na cadeira. Eu tremia por dentro, com uma frequência interna antes desconhecida. Sentia como se eu não devesse estar ali, o ímpeto de simplesmente sair existia dentro de mim, mas algo me impedia de ir, era a intimidade, esse desgosto da intimidade, talvez existisse algo ali, por baixo dos lençóis, talvez existisse um tesouro a ser descoberto, talvez uma recompensa, uma surpresa, se eu fosse corajosa o suficiente para ficar. Mas se o médico entrasse, como se me olhassem e me dissessem, quer saber? Não, isso, isso não está certo, ou pior, sentia como se ela fosse acordar e me olhar, apenas me encarar extremamente ofendida, extremamente envergonhada.

Nada disso aconteceu.

As enfermeiras trouxeram do banheiro um pequeno balde com panos umedecidos. Fecharam a porta e abriram sua camisola. Aos poucos, começaram a passar o pano por sua pele, um pouco seca demais. Lembrei dos milhares de cremes espalhados pela pia do seu banheiro. Elas faziam um movimento de vaivém com os braços que conduzia o pano pela pele da minha mãe, mas não havia intimidade alguma naquilo. Toda a ação começou a me causar um enjoo profundo, como se o vaivém fosse uma colher remexendo fundo o meu estômago.

Fiquei assistindo à cena por alguns segundos, esperando sentir algo, esperando roubar qualquer coisa que ela não havia me dado, mas toda a cena era como assistir a duas crianças dando banho em uma enorme boneca de plástico.

Vamos brincar de enfermeira?
Vamos, mamãe.
Você pode acordar, agora.

***

Não voltei para o apartamento. Com a roupa do corpo e um casaco, aluguei um quarto num apart-hotel perto do hospital. A mulher perguntou, numa voz anasalada: quanto tempo vai ficar? Não sei, estou acompanhando uma pessoa que está aqui no hospital. A mulher me olhou. Não sei quando ela sai. Seus olhos se abriram um pouco mais, como uma engrenagem, uma maquinaria, e olhou, então, para um homem sentado um pouco para trás do balcão. Ah, a gente tem dois apartamentos ótimos. Mostra pra ela, Jurandir. O duzentos e cinco e o oitocentos e sete. O oitocentos e sete é melhor que tem vista, né? Pode ser esse, o segundo, eu respondi.

A impessoalidade me servia, me sentia em casa diante de coisas que não forçavam sua presença. Tudo era branco e bege e sem emoção alguma.

Respondi à mensagem do colega de colégio. Não queria exatamente vê-lo, mas precisava me curvar à necessidade da companhia. Por algum motivo ficavam me voltando lembranças de infância, minha mãe queimando os bolos que cozinhava e o cheiro do queimado e eu não queria lembrar disso. Ligaram para o meu quarto. Chegou. A sensação era agridoce. Tinha um pouco de nojo dele e raiva de mim. Queria não precisar de ninguém. Olhei para uma mancha no carpete bege. Mais nojo. Queria voltar para casa. Pensei na casa da minha mãe, os tapetes vermelhos, os copos de cristal, a janela da cozinha, meu quarto de criança. Pensei na casa dele, o sol que bate pela manhã, a mesa de madeira, a colcha escura, as plantas espalhadas. Olho para o carpete bege.

Tomamos vinho (ele havia trazido), fumamos maconha (minha) e então transamos. Havia decidido fechar os olhos e não olhar para lugar nenhum. Eu ardia e me imaginava com escamas por dentro. Estava bem bêbada e um pouco enjoada. Em cima dele, quando olhava para baixo, podia ver a marca vermelha sobre a barriga (a meia-calça). A marca me levava feito transe e eu a via sumir e reaparecer. Eu era embalada por nosso cavalgar como uma criança com sono (Theo). Eu tinha sono e vontade de dormir, mas me faltava a tranquilidade. O cheiro de queimado voltou à minha mente. Eu fazia de tudo para não pensar na minha mãe e em seus bolos queimados e cigarros de cravo e suas mãos.

Ele passava a mão por meu corpo, de modo desajeitado, como um menino que não sabe o que faz. Aquilo me excitava. Coloquei suas mãos sobre meus peitos e ele começou a mexê-los, afobadamente, olhando para eles e não para mim. Os seios doíam, mas eu apenas sabia que a dor estava ali, não podia de fato senti-la. Pensei se não era assim que tinha vivido as coisas ao longo da minha vida. Pensei que à minha frente estava alguém como eu. E pensei, E se todas as vezes em que observei as outras pessoas eu fosse exatamente como elas?

O cheiro do queimado veio com tudo. Eu entrando na cozinha, com cinco ou seis anos. Minha mãe metendo a mão no forno quente. Seus gritos. A mão borbulhante. A esquerda. O cheiro do queimado. E por que ela continuava fazendo aqueles mesmos bolos queimados, repetidas vezes? A mão que sobrevive é a única parte que se move. O cheiro do queimado. Suas mãos sobre meus seios. O carpete manchado. A marca na minha barriga. O embalo constante.

Saí rapidamente de cima dele e, antes de conseguir chegar ao banheiro, antes de conseguir me levantar da cama, virei para o lado e vomitei no carpete bege. Era um vômito insosso e incolor, não conseguia lembrar qual a última vez que havia comido. Ele correu para o banheiro e me trouxe uma toalha. Num gesto de carinho impossível, me abraçou e eu apoiei minha cabeça e meu corpo suado em seu peito. Limpou minha boca, eu respirava ofegante.

Obrigada, eu disse. Tinha vontade de chorar, mas não sabia como chorar na sua frente. Ele não disse nada. Passava as mãos por minhas costas frias.

Comecei a me sentir desconfortável e saí do seu abraço. Não queria olhá-lo nu e não queria que ele me olhasse nua, não num momento como aquele, então me enrolei na toalha suja. Não pareceu se importar. Desviei meu olhar para o chão. Ele deitou, de barriga para cima.

Há quanto tempo você sabe?

O quê?

Apontou, com o queixo, em direção à minha barriga.

Que está grávida.

Eu corri para o banheiro e vomitei mais um pouco, enquanto suas palavras ressoavam nos meus ouvidos. Tinha certeza de que, se pudesse ver o próprio rosto enquanto as dizia, veria que sabia que eu nada via, e via, e veria (que nunca, jamais veria), a crueldade no seu olhar.

Como uma vingança a todas as mulheres que um dia não o quiseram: eu.

E agora, nós.

POIS

Era uma aventura, a aventura que eu sempre havia desejado.

Foi no dia em que a minha mãe não voltou do trabalho. Eu já era grande demais para rezas, ou queria ser, já começava a abandonar o que tinham me ensinado, mas quando o relógio deu sete da noite, e então sete e meia, e minha babá já tinha ido embora, porque meu pai tinha chegado, e eles sempre faziam assim: meu pai chegava, a babá ia embora, minha mãe chegava logo depois — eu nunca soube o que ela fazia o dia todo, e desconfio que ele também não, mas desconfio também que tinham um acordo, os dois, um acordo silencioso, segundo o qual ele não faria perguntas e ela não se tornaria um problema —, e meu pai enfurnado no escritório; mas já eram quase oito e nada da minha mãe.

Me aproximei do escritório e, ouvindo as teclas do computador, me apoiei à porta — um grande bloco de madeira maciça com um recorte de vidro fosco no meio, de modo que meu pai, uma vez dentro daquele cenário, era visto por mim (sempre do lado de fora), disforme e desfocado, um aglomerado de células que se mexiam e digitavam sempararsemparar e que não eram, e eram, meu pai —, e fiquei na ponta dos pés tentando vê-lo: corcunda pés cruzados sapatos sociais óculos de hastes finas e lentes grossas (e que, por isso mesmo, viviam caindo do seu rosto e forçavam seu cacoete de, volta e meia, empurrar os óculos para cima com o dedo indicador da mão direita), um bloco de anotações, o computador gigantesco e em formato de tubo, que se assemelhava, por vezes, ao aspirador dos Teletubbies e no qual só uma vez eu pude jogar "O Labirinto da Branca de Neve" — um caminho escuro que Branca de Neve percorria sendo guiada por meus dedos minúsculos, que ora clicavam para a direita, ora para a esquerda, eu sentada no colo do meu pai, ele maravilhado pela tecnologia, maravilhado por eu estar maravilhada, e eu maravilhada muito mais pelo meu pai e muito menos pela tecnologia.

O computador fazia imensos barulhos e, de vez em vez, era desligado para que ele pudesse ligar para alguém. Ele anotava e mexia os pés ritmicamente — meu pai sempre teve uma ligação com o ritmo —, e eu, no fundo, não fazia a mínima ideia do que ele fazia. Minha mãe escrevia, isso eu sabia, isso não era necessário dizer na escola, os professores também sabiam, mesmo que meus colegas não soubessem quem ela era, pois não escrevia livros de bruxas e vassouras; apenas livros adultos, sim, mais velhos todos saberíamos, o bafafá nos corredores; meu ódio pela palavra surgindo aos poucos, as aulas de literatura se tornando intermináveis, a voz da professora: um tom monótono, monocórdico, não havia modo de me prender, não havia mais curiosidade, não restava mais nada pelo mundo depois que eu havia me procurado em cada capítulo, eu, que me procurava em tudo seu, eu, que brilhava por minha ausência, seu texto duro e rígido, e ela, sempre com a navalha na mão, pronta para me decepar a todo instante, qualquer sinal, qualquer lampejo, a crítica a aplaudindo de pé, os champanhes, os jornais, as cestas de café da manhã, os vestidos, os perfumes, os prêmios sendo recebidos e, por fim, a sua — e portanto, a nossa — inerente felicidade, sempre tão anunciada, nunca conquistada.

Então os olhos de meu pai encontraram com os meus, do outro lado do vidro. E ele disse algo muito sério e em seguida desligou o telefone. Andou calmamente na minha direção, abriu a porta.

Ela? O que você faz aqui?

Minha mãe não chegou.

Vou ligar para ela.

Eu fui para o meu quarto e me sentei na cama, esperando que algo acontecesse. Se eu me esticasse o suficiente, poderia ver parte de sua silhueta no escritório, mas tinha medo que ele me visse novamente — penso, a memória é uma coisa esquisita; por vezes, lembro de dias que não significaram absolutamente nada. Um sorriso incabível, o dia em que eu estava descendo a rua para chegar em casa e ele também, eu olhei e o achei bonito, nada muito importante, ou uma tarde muito fria, quando tínhamos dezesseis anos, Laura e eu, uma tarde muito fria e casacos verdes e vermelhos, nós duas atravessando a rua embaixo do viaduto, a cidade, os *flashs* da memória e cidade, minha mãe, seus cabelos presos no coque e as mãos acendendo o fogão, o barulho da boca sendo ligada, seus chinelos contra o piso frio da cozinha, os *flashs* de memória que não dizem nada a mais e nada a menos, meus pés esperando meu pai voltar do escritório, a pantufa do Tio Patinhas me encarando de volta, minhas pernas compridas demais, os joelhos pontudos: tem algumas coisas que a gente só lembra.

Ela não está atendendo.

Eu tô com fome.

Deve ter sobrado alguma coisa de ontem.

Caminhamos até a geladeira.

Antes de comer eu preciso tomar banho.

Também parece não ter nada aqui...
Bom, então vá tomar banho que eu vou dar um jeito.

Eu fui em direção ao banheiro e liguei o chuveiro. Fiquei alguns minutos tentando encontrar a temperatura certa para a água, sentindo o seu calor contra o dorso da minha mão, enquanto uma sensação de ar comprimido me assolava o estômago. Toda sensação entra pela boca. Eu via as gotas caindo através dos meus dedos compridos, e lembrava dela falando que eu tinha os dedos do meu pai. E lembrava da história antiga, ele viu primeiro meus dedos, antes de tudo meus dedos e disse, Que dedos compridos! E antes de me ver minha mãe já sabia que eu tinha dedos compridos como os de meu pai, e hoje eu penso que em algum lugar essa cena ainda acontece, ele dizendo, que dedos compridos!, que dedos compridos!, ela esticando a cabeça para o lado, querendo ver qualquer ponto meu, um olhar, qualquer aspecto seu, e eu, quieta, porque fui um desses bebês que não nasceram chorando. Hoje penso em tudo isso, mas naquela época só olhava para minha mão embaixo da água e pensava na mão do meu pai embaixo de outras águas, a pia da cozinha, os legumes sendo lavados, o que ele pensava? e onde minha mãe estava? Toda sensação entra pela boca, mas não tinha problema. E ela não ter atendido ou voltado também não tinha problema, porque meu pai não estava preocupado, então não tinha com o que se preocupar. Entrei embaixo do chuveiro, e deixei a água cair, enquanto olhava para a porta entreaberta. Podia ouvir, abafado, um enorme barulho de panelas e talheres, e parecia que o mundo inteiro existia dentro da cozinha. Não sabia o que ele fazia, mas toda aquela situação me gerava alguma animação, de modo que se tornava fácil esquecer, pelo menos um pouco, o fato de ela ainda não ter voltado. Era uma aventura, a aventura que eu sempre havia desejado.

Saí do banho, mas me distraí. Ouvi um barulho no banheiro que eu nunca tinha notado. O ralo, ao lado do vaso sanitário. O ralo borbulhava, e eu me acocorei, nua, e fiquei olhando para a água que corria por ele. Fechei os olhos e pensei no som de um rio, apesar de terem sido poucas as vezes em que fiquei ao lado de um rio. Penso, por vezes, que a nossa conexão se dá por córregos nunca antes percorridos. Foi a primeira vez que entendi o caminho das coisas, ou a falta dele. Talvez a falta do meu caminho, a falta da regência. Parece absurdo, mas foi com o ralo e com o dia em que meu pai teve que fazer algo por mim que eu entendi que não havia ordem nenhuma na minha vida e que a única ordem teria de ser dada por mim.

Ela?

Não respondi.

Ela?

Ele entrou, e eu, doze anos, nua, agachada ao lado do ralo.

Mas, pelo amor de Deus, o que você
está fazendo? — ele pegou a toalha e a jogou
na minha direção, desviando a todo momento
seu olhar do meu corpo.

***

Ambos sentados, à mesa. Eu de pijamas, ele com a camisa para fora da calça, as mangas arregaçadas. Estava frio, muito frio, mas sua testa estava suada e ele respirava com certa dificuldade. No meio de nós dois, uma panela e uma cesta de pães.

Me passe seu prato.

Eu fiquei de joelhos na cadeira e lhe estendi o prato. Ele abriu a panela e despejou uma sopa. Em seguida me estendeu o queijo ralado.

Ponha por cima. Agora o pão.

Aquilo era uma das melhores coisas que eu tinha comido. O queijo estava derretido por cima da sopa, formando uma fina crosta, que quebrava na minha boca e era dissolvida pelo líquido quente. Não sabia o que era e tinha medo de perguntar, até o momento em que tomei coragem. Sopa de cebola, ele disse. Não tínhamos muito mais em casa. Fiz que sim com a cabeça. Ficamos grande parte do tempo em silêncio, até o momento em que ele me perguntou como estava a escola.

Está bem.

Ele me olhou, empurrando os óculos para cima, o cenho franzido.

Eu achava a escola uma merda, na sua idade.

Aquilo me assustou. Minha mãe não tinha nunca usado um linguajar como aquele na minha frente; só nos livros em que eu espiava, pela boca de seus homens. Dei uma risada e foi nesse momento que escutamos a porta abrir e, ela chegou, mas desde antes de a porta se abrir por completo parecia que ela já estava toda ali, porque o cheiro do álcool entrou antes de ela entrar, e se estivéssemos jogando "Pedra papel tesoura" a mão do meu pai teria se fechado em pedra, e a minha mãe entrou deslizando feito papel e envolveu meu pai com uma cara de cínica e ameaçou um sorriso com o canto da boca, mas seus olhos estavam vermelhos e eu pensei que ela havia chorado, e pensei que era assim que ela sempre sabia quando eu havia chorado, mesmo que eu quase nunca contasse — e nessa época ela estava muito preocupada com meus choros, antes de dormir. Eu já tinha explicado mais de cem vezes que não tinha nada a ver, que era meu jeito de conversar.

Mas conversar com quem?

Não sei, mãe, é só um jeito de conversar.

Mas com quem?

Não sei com quem.

E desde quando se conversa chorando?

Eu converso.

Mas ela não entendia, e entendia, e aí eu parei de tentar explicar e só disse que tinha passado, mas acho que no fundo ela sabia, e sabia, e eu lembro de olhar bem para os seus olhos inchados e pensar que havia sumido daquela forma porque estava precisando conversar.

Ela, vá para o seu quarto.

Eu ainda não havia terminado a sopa, mas saí mesmo assim. Fui para o meu quarto e fechei a porta, coisa que era proibida na época. Fechei a porta e fui para debaixo das cobertas e tinha raiva, muita raiva. Ouvia os dois discutindo na cozinha, ela com suas gargalhadas estridentes, e o imaginava gesticulando, as mãos grossas, o dedo recolocando os óculos que insistiam em cair. Eu fazia questão de não escovar os dentes, porque queria o gosto da sopa na boca, um pouquinho mais, um pouquinho mais. O cheiro do álcool voltando, seus passos apressados, interrompendo tudo (não havia muito meu que não fosse seu), e o gosto da cebola na boca, para sempre marcado na memória, e naquela noite, como em muitas outras, eu fui assim, chorando. Assim como num dia de chuva grossa, logo antes da seca eterna, quando ainda não sabemos que serão as últimas gotas, eu também não sabia que seria a última vez que eu choraria.

***

Nunca falei sobre aquela noite, nem com ela, nem com ele. O mais perto que cheguei foi, algumas semanas depois, antes de ir para o colégio. Eu tomava café da manhã e ele saía para o trabalho.

Eu, sem tirar os olhos do cereal.

Fiquei com uma vontade hoje de
comer sopa de cebola.

Ele me olhou e sorriu.

Quem sabe semana que vem.

E então, enquanto ele saía, pensei que nunca tinha tido medo de que ele não voltasse.

E então, tive medo.

***

Laura me convidou para uma festa, um evento do seu marido, com alguns bambambãs da música. Disse que talvez cantasse. Ele vai tocar com certeza, eu que ainda não sei. Estou um pouco destreinada. Não para cantar, mas para multidões. Não que vá ser uma multidão, mas hoje em dia mais de duas pessoas já são, para mim, uma multidão. Mas vem comigo, vai ser divertido.

Fui porque entendi que Laura não queria ir sozinha.

O lugar era um desses apartamentos moderninhos, com uma enorme viga de concreto aparente, que teria sido coberta se o imóvel tivesse sido projetado alguns anos atrás. Eu usava um vestido solto, com meia-calça e um casaco. Não havia sido uma tarefa fácil.

Eu, na frente do espelho, ao lado do guarda-roupa. De lado, a meia-calça, os seios inchados. Uma barriga que poderia ser de cerveja, mas que não desincharia nem se eu fosse ao banheiro quinze vezes. Eu me olhava e não acreditava no que via. Em cima da pia, três testes de gravidez diferentes. Ninguém lhe explica se os dois pauzinhos do positivo aparecem juntos ou um depois do outro. Foi o primeiro que eu fiz. Descobri que eles aparecem juntos. Espetei a barriga com o dedo indicador. Nada havia mudado e tudo havia mudado. Tem um feto dentro de mim, eu pensei, duas ou três vezes. Olhei para o meu rosto e senti que ele estava ligeiramente mais redondo. Essas coisas não acontecem assim tão rápido, acontecem? Eu ainda não tinha contado para ninguém.

Olhei para a enorme montanha em cima da minha cama. A maior parte das minhas roupas era apertada no estômago, e desde que soube não conseguia mais usar nenhuma peça. Tinha vontade de jogar tudo no lixo, mas me sentiria uma pessoa péssima. Peguei um vestido da minha mãe. O que poderia ser apenas sem graça se ele não tivesse um decote nas costas. Lembrava de vê-la com ele depois que ela e meu pai brigavam. E ela o vestia e saía com o cigarro já aceso desde a cozinha. Sua mãe foi dar uma volta até o piti passar, meu pai dizia, rindo, e logo se trancava no escritório. Eu achava engraçado porque sabia que o piti pertencia a ambos, cada um a sua maneira. Eu nunca soube o que ela fazia. Penso que talvez só andasse. Talvez fosse nesses momentos que pensasse nas próximas grandes aventuras dos seus personagens. Talvez conversasse com outros homens para descobri-las. Talvez transasse com eles, embora eu duvide — o risco era muito grande. Talvez um, esporádico, com sentimento, mas sem dor demais. Talvez nada disso, eu não sei nada dela, ela não sabe nada de mim.

O marido de Laura conversava com outras pessoas, e nós estávamos na roda sem falar nada. Eu estranhava aquela atitude de Laura. Lembrava da sua imagem no colégio, quando todos os garotos a queriam e não entendíamos direito qual era a sua. Tenho uma imagem dela de quando era boa em todas as coisas, e de quando me dizia que eu também era boa, e lembro de suas palavras ressoando assim, bem redondas, você é boa, Ela, e toda vez que Laura dizia que eu era boa, eu me sentia de fato muito boa, e Laura era forte e era um lobo e era um cometa e eu não conseguia parar de me perguntar como tinha acabado assim porque agora Laura só me parecia mirrada. Mas não como quem é, de fato, mirrada. Laura nunca seria, de fato, mirrada.

Você quer dar uma volta? — eu perguntei.

Fomos para a varanda do apartamento e ficamos em silêncio por alguns segundos, um silêncio nosso, porque na varanda estavam várias pessoas que não ligavam para o silêncio.

Eu já estou casada há sete anos.

E daí?

Uma loucura isso, não?

Sim, uma loucura. Não consigo nem imaginar.

Eu também não conseguia. Antes dele não
me imaginava com alguém por mais
de dois anos. Dois anos é uma vida.

E tudo isso é amor?

Não, acho que é velhice mesmo.

Nos olhamos e rimos. Eu estava prestes a lhe perguntar se estava feliz — como se isso fosse uma pergunta digna —, quando na sala se fez silêncio e o marido de Laura, que antes tocava piano, agora a olhava como se esperasse algo. Laura subiu ao palco e começou a tocar uma melodia no piano. Sua voz cantarolava baixinho, eu não sabia se era apenas eu que ouvia, criava; eu olhava para as pessoas e elas pareciam não perceber tanto, não perceber tudo. Ouvir a voz de Laura depois de tantos anos era como escutar uma música antiga, muito presente em uma fase da vida, que se esquece.

E quando se escuta vêm todas as memórias, todas juntas, e se percebe a falta que a música fez até aquele momento. Ouvir a voz de Laura depois de tantos anos era lembrar que eu sentia falta da música.

A música ia e eu ia junto, como se sua voz me pegasse pela mão e me levasse pelas ruas, por todas as ruas que já andei, como se fosse a trilha sonora que faltava, como se as incompletudes estivessem um pouco menos incompletas.

Permaneci, apoiada na varanda, encarando os olhos de Laura. Entre os dois havia uma sincronia nítida, talvez pela convivência, talvez pela experiência, talvez por algo de místico ou talvez só por amor mesmo. Senti linhas molhadas em meu rosto. Ouvir a voz de Laura depois de tantos anos era me emocionar como se a tivesse escutado, ao fundo, por todos os dias da minha vida.

A música acabou. Eu enxuguei a cara com o dorso da mão. Foi aplaudida de pé. Eu sorri, Laura se levantou e caminhou em minha direção.

Preciso de um cigarro.

Tirou o maço do bolso e me ofereceu; eu, como todas as outras vezes, disse que não. Laura sorriu, cumprindo a sua parte do ritual, então colocou o cigarro na boca, enquanto procurava o isqueiro na bolsa.

Laura.

Hm.

Laura ainda procurava o isqueiro, tudo se misturando, lenços de papel, maquiagem, celular, carteira, seus olhos indo de encontro a tudo, menos de encontro aos meus.

Eu preciso fazer um aborto.
E preciso que você vá comigo.

Laura parou, sem dizer nada. Ainda sem me olhar, fez que sim com a cabeça. Meu estômago se retorceu. Sua mão alcançou o isqueiro e Laura rapidamente acendeu o cigarro. Seguimos, paradas na varanda, Laura de frente e eu de costas. Seu marido tocava músicas que já não significavam nada.

***

Estou num consultório tão branco que beira o clichê. Paredes brancas, médicos brancos, e eu, tão pálida que poderia sumir em meio a todo o branco insuportável do mundo — as bandeiras de paz, os aventais das cozinheiras, os litros e litros de leite. A mão de Laura, um pouco mais quente, segurando a minha. Estamos sentadas na recepção.

À nossa volta, algumas mulheres também aguardam. Ela, adolescente, cabelos ruivos, chora um pouco; ao seu lado, uma mulher mais velha, também ruiva, sussurra algo em seu ouvido. Ela é negra, deve ter seus vinte e poucos anos e está sentada ao lado de um homem branco. Eles não se tocam e estão em silêncio. Eu tenho trinta anos, o rosto redondo, cabelos loiros e sinto carros de fórmula um darem voltas e voltas sobre o meu corpo.

Laura havia ligado para uns três cartazes aleatórios nos quais estavam escritos: conserta-se gaita. Eu a escutava dizer: bom dia, gostaria de marcar um procedimento. Dizia assim: procedimento. Na primeira vez desligaram na sua cara. Na segunda, ela desligou, após escutar algo que não quis me dizer, ao fundo. A terceira é a da sorte.

Eu só lembrava de mim, com quinze anos, passando de carro, minha mãe dirigindo, cartazes como esses, desde lá, espalhados pela cidade. Lembrava de quando o "conserta-se gaita" significava apenas isso, algum lugar onde, por algum motivo, gaitas eram consertadas. Um velhinho, sentado nos fundos da casa, barriga farta, camisa puída, as pessoas chegando com suas gaitas quebradas e nada mais. Eu olhava para Laura e me lembrava de quando fomos numa festa do pessoal mais velho, terceiro ano, e uma menina estava lá, vestindo a camiseta na qual tinha escrito com a própria letra torta, à caneta esferográfica: conserta-se gaita. Fiquei olhando e perguntei para Laura, Quem é? É a Joana, irmã mais velha da Ester, diz que os pais rezam pra ela não ficar igual. E eu continuei olhando, meio sem querer, meio com vergonha, mas continuei olhando, entre goles de uma bebida doce demais.

Joana tinha os olhos redondos e sua boca puxava um pouco para cima, a cicatriz denunciando o resquício do lábio leporino (de modo que parecia estar sempre sorrindo, de canto), e era meio gorda, mas sabia se vestir muito bem, então não deveria ser todo mundo que sacava que era meio gorda, ou então tudo isso funcionava ao contrário, porque para algumas pessoas funciona assim, penso: para algumas pessoas a beleza não funciona como qualidade mas como um efeito, um atravessamento, pois tudo aquilo a compunha, e Joana me olhava, de vez em quando, me olhava e me atravessava com seu olhar, quando Laura disse, muito doido a Joana ter vindo com essa camiseta, né? E eu disse é, mas eu nem sabia o que significava o *conserta-se gaita* e foi nessa hora que Joana chegou perto da gente e disse, Tu é amiga da Ester? E eu não entendia por que estava falando comigo e não com Laura, ali, do meu lado, e eu disse não, e logo depois me arrependi porque Laura fez um barulho de quem segura o riso e ficou um silêncio, e eu devo ter ficado vermelha, mas foi nessa hora que a Joana deu um sorriso que, puta merda, parecia o sorriso do Gato Listrado da Alice, os dentes escuros de tanto fumar — e parecia que fumava há zil anos, ou então mil cigarros por dia —, um sorriso que fazia o rosto inteiro mudar e não sobrar mais nada e disse, Fica tranquila, eu também não sou muito amiga da Ester. E ficamos conversando, sentadas em cima de uma mesa de madeira, nossas pernas muito juntas, e senti vontade de beijá-la, como se o ato fosse apenas uma extensão de todo o resto, a completude da noite, seus olhos, Laura me falando sobre Joana, o *conserta-se gaita*, Tu é amiga da Ester?, o sorriso do Gato, e BUM, o beijo final. Mas não teve beijo nenhum, só nós duas falando do cosmos e das estrelas e tantas formas de arte e de alguma melancolia e alguma saudade, alguma saudade intrínseca, e Joana me olhando com seus olhos redondos e dizendo, quem se chama Ela? E eu dizendo, eu, né? E Joana rindo, até que disse, vamos, eu te deixo em casa — Joana, que já tinha carta, porque tinha repetido um ou dois anos — e todo mundo me viu indo embora com Joana, e eu me senti o máximo e um pouco envergonhada, os dois sentimentos misturados, e meu celular lotáááádo de mensagens e ligações e o raio que o parta da minha mãe, mas foi aí que Joana me perguntou se eu não queria tomar um suco e eu que já estava achando tudo aquilo muito estranho disse sim, porque sei lá quando eu a veria novamente — e hoje penso, Por vezes, mesmo quando vemos alguém de novo e de novo e de novo, não vemos a pessoa novamente, não é mesmo?

E nós fomos na lancheria na frente do parque, eram umas seis e meia, eu pedi um suco de laranja e lembro de sentir o gosto ácido da laranja na boca enquanto continuávamos falando, falando, e hoje penso, Existem algumas noites em que se fala sobre tudo o que existe na Terra, e falamos sobre a minha mãe e sua mania de grandeza e mistério, e de repente falar sobre ela a deixava minúscula, e falamos sobre Laura, e sobre meu pai, e sobre o colégio, e sobre Ester e como Joana esperava que Ester se desvencilhasse das expectativas dos pais e passasse a ser uma pessoa própria, sabe? E eu disse, Sei. E falamos sobre o que queríamos ser e Joana queria ser artista plástica e disse, Algum dia eu te mostro algo meu, e eu me senti a pessoa com mais sorte do universo, pela primeira vez aquele era meu dia de sorte, e fiquei imaginando como seria algo de Joana, e me veio uma memória de quando eu era pequena e fui ao museu e vi um quadro enorme repleto de tinta esparramada, e era uma profusão de cores e tons, não necessariamente alegres mas que significavam vida, e pensei que os algos de Joana deveriam ser algo assim, ou não deveriam ser nada assim, e eu não sabia o que queria ser, mas sabia que ali, com Joana na lancheria, eu era quem eu deveria ser.

E quando cheguei em casa estava sentada no sofá minha mãe, as olheiras e, Que porra você pensa que é? Você ainda não sabe de nada. E ela disse assim, *nada*, com todo o seu rancor, e eu tinha medo mas ao mesmo tempo eu tinha um pouco de coragem. Sim, hoje eu percebo que ali, mesmo com o castigo, mesmo com os dias incontáveis casa-colégio-casa-colégio, a partir daquele momento já existia um pouco de coragem e um pouco do desejo de vida, pois eu havia dito SIM, e ainda bem que sim, porque umas duas ou três semanas depois, a diretora, baixinha, o coque espremido para trás, entrou sala por sala até chegar à nossa e disse, Venho aqui com a triste função de informá-los que a aluna Joana Nunes Ferreira infelizmente não está mais conosco, e será que a Joana foi expulsa? E o velório será amanhã, e foi um bafafá, e eu tenho certeza que será de muito conforto para a família, e eu comecei a passar mal, e quem puder comparecer, mas não sem antes olhar para Laura e assentir com a cabeça porque ambas sacamos que a Ester não estava na sala.

Eu saí em disparada, enquanto a diretora ainda falava, seu discurso frio, e por que esconder a dor? Eu saí em disparada e o corredor imenso com suas tantas portas e salas, e em nenhuma delas Joana, nunca mais Joana, e ao mesmo tempo aquilo era de uma coragem, e eu ficava lembrando das nossas conversas, teria eu recebido alguma dica? Seus olhos, alguma saudade intrínseca, isso seria uma dica? E eu fiquei tão perdida, o sorriso do gato, a bebida doce demais, e nunca mais Joana, eu cheguei até o portão da escola e o porteiro me disse, De que ano você é? E eu disse terceiro, porque sabia que ele só me deixaria sair se eu fosse do terceiro, e ele disse, Qual seu nome? E eu estava quase desmaiando, ali, tudo ficando preto em torno dos olhos, eu olhava pelas grades, a rua lá fora, eu só precisava sair, então eu disse,

Joana, e ele anotou num caderninho e abriu o portão, e tudo aquilo era uma putaria mas eu não tive nem tempo de pensar, porque ele abriu o portão e eu saí, sem mochila, sem nada, o verde das árvores, a van parada na esquina, o céu perolado, todo o branco insuportável do mundo, eu fui o máximo que consegui e isso deve ter dado só umas três quadras, até me deparar com uma escadaria imensa, e sentei ali e olhei em volta e a rua, as pessoas voltando do supermercado, as mães indo buscar seus filhos e já era quase meio-dia e me veio o pensamento de como seria o enterro da Joana, e eu não sabia de nada mesmo, mil perguntas na cabeça, mil perguntas que jamais seriam respondidas — o abismo para sempre ignorado, mas naquele momento, ali: nos meus pés —, e nenhuma resposta apenas o enterro, e comecei a me perguntar se seria enterro mesmo, ou se Joana seria cremada, se chegou a pensar nisso ou se foi tudo de uma vez, eu não sabia se queria ser enterrada ou cremada, enterrada só se for direto na terra, pele e terra, e aí fiquei com medo de estar pensando naquelas coisas, e como seria o enterro de Joana? Eu que não a conhecia em nada, mas a sensação de que sabia de alguma parte sua, alguma parte e alguma profundidade, como se tivesse me escolhido para o vislumbre, ou aquilo tudo era só uma romantização infinita, e eu não queria ir a enterro nenhum, mas fui, fui porque minha mãe disse que assim é a vida, que na vida tem morte e eu precisava ir e mostrar para Ester que eu estava lá, Relaxa, eu também não sou amiga da Ester, e eu não queria mostrar pra ninguém que eu estava lá, e havia me recusado a ir, porque isso ela não poderia me obrigar, e foi então que, no último segundo, deitada na cama, eu tive a sensação de que seria a última vez, mesmo Joana não estando de fato lá, de alguma forma seria a última vez, e meu peito se comprimiu, e eu olhei para fora e tive vontade de chorar, mas não saía lágrima nenhuma, então eu só levantei e fui.

E o enterro da Joana foi uma coisa de louco.

Alguns de nós, só alguns, aparecendo, pouco a pouco, tímidos, sorrateiros, eu perto de Laura, várias pessoas chorando, todos nós, deslocados, e nós não sabíamos de nada, e sabíamos, sem saber como nos comportarmos, os pais de Joana (e da Ester) abraçando as pessoas, Ester que não estava lá — e que, de certa forma, nunca estaria novamente, a não ser como uma cópia barata de Joana, imitando suas roupas, seu cabelo, até seus trejeitos —, e uma reviravolta no estômago, eu só ficava olhando as pessoas e pensando, esse é meu primeiro enterro, esse é meu primeiro enterro, e hoje penso, Joana não me deu meu primeiro beijo, mas me deu meu primeiro enterro, e rio com o canto da boca porque acho isso bem a cara dela, e lembro de chegar só um pouquinho perto do caixão porque quando a vi de relance nem parecia Joana — estava de vestido, e com um batom rosa-claro, e os cabelos penteados, e todas as pessoas que realmente a conheciam deveriam estar putas da vida —, e foi aí que eu falei para Laura, Vou embora, ok?, e Laura disse, Ok, eu quero ficar mais um pouco, e acho que ficou foi mais muito tempo porque isso era a cara da Laura, querer ver as coisas até o talo, mas foi aí que eu fui para casa e sentei na minha varanda e fiquei lembrando do sorriso de Joana e pensando que grande merda é a vida e será que Ester vai se meter a tentar alguma coisa, e olhando lá para baixo, as pessoas pequenininhas, e fiquei lembrando do suco de laranja e das nossas pernas encostando, e uma saudade, e agora penso, Eu sou bem assim mesmo, eu tenho esse vício de observar o mínimo das pessoas, e sei como meu pai empurrava os óculos com a ponta do dedo, e como minha mãe franzia a testa ao olhar para o nada, e sei como sua boca curva para cima quando ele ri, de modo que a gengiva aparece um pouco mais e me lembra uma criança, e as sardas de Laura, e uma saudade dessas coisas mínimas, uma saudade que me mata pouco a pouco, uma saudade daquele sorriso que não deixava sobrar nada no rosto inteiro, o Gato Listrado e PUMBA, nada mais.

Então, quando já estava anoitecendo eu liguei para Laura, e disse, Posso te perguntar uma coisa? E Laura disse, Hm, e eu achava que tinha andado chorando, porque a sua voz estava bem fanha e o nariz entupido, então perguntei primeiro isso e Laura disse que era alergia mas até agora eu não boto muita fé, e então falou, Era isso que você queria perguntar? E eu disse, Não.

E foi aí que Laura me explicou que o tal do *conserta-se gaita* eram as ditas clínicas de aborto clandestinas, mas não sem antes dizer mil vezes, do outro lado da linha:

EU NÃO ACREDITO QUE VOCÊ NÃO SABIA E FICOU SE FAZENDO TODA, SUA FILHA DA PUTA!

Ela?

A atendente chama. É minha vez. Me pedem uma série de documentos. Eu abro a bolsa e começo a separar papéis que, por sua vez, insistem em se misturar e se perder. A voz da atendente se distorce e se desfaz como sons de badaladas cada vez mais graves. Eu olho para Laura e me lembro de uma música que eu ouvia quando era pequena, do Raul Seixas. Começa com uma contagem regressiva e, antes de chegar ao um, alguém a interrompe e pergunta aonde pensamos que vamos. Plunct Plact Zum. Não vai a lugar nenhum.

Os olhos da minha mãe indo de encontro aos meus. Não vai a lugar nenhum. Ela, negra, olha para os olhos do rapaz, uma raiva amordaçada. Ela, jovem demais, olha para mim. Plunct Plact Zum. Joana, seu sorriso, o Gato. Eu pego minhas coisas (as quais, a essa altura, já estão quase todas espalhadas pelo balcão), jogo tudo para dentro da bolsa e saio, com passos apressados. Laura vem atrás de mim. Não vai a lugar nenhum.

***

O que que foi?
Você tá com medo?
Não vai doer.

Não é isso, Laura.

Então o que é?

Laura está apoiada na parede, do lado de fora da clínica. Estou ao seu lado, sem apoio algum.

Você lembra da Joana?

Me olha, mordendo a boca, como fazia desde os nossos trezes anos.

Que que tem a Joana, a esta
altura do campeonato?

Sei lá, só lembrei dela.

Bom, se essa é sua pergunta... — dá um
sorriso sarcástico. — Sim, eu lembro da Joana.

E da Ester, você sabe?

Laura me olha, enquanto acende outro cigarro.

Como é que eu vou saber da Ester?

Sei lá. — Eu olho e sorrio.
— Mas aposto que sabe.

Acho que casou.

Nós rimos.

Foi uma alucinação aquela parada
da Joana, né? — eu pergunto.

Foi horrível.

Eu me apoio, ao seu lado.

Olha só, não vai rolar.

Não vai rolar o quê?

Eu olho para a minha barriga.

Você quem manda.

Mas obrigada por me trazer.

Tudo bem. — Dá outra tragada. — Mas e agora?

Eu não sei.

Eu não tô te fazendo nenhuma puta pergunta, Ela.
Não quero saber se você tem um grande plano.
Quero saber se você vai ou se você fica.

Eu não posso ir.

Então você fica?

Ficar é raro. Por enquanto.

Bom, uma coisa é certa — diz, dando a última,
a mais forte. — Você tem que contar para ele.

***

Oi.

Então, sei que não nos falamos faz um tempo.

Sei também que a decisão de não falar foi minha, e que eu ignorei suas ligações e mensagens e saí de casa e não falei mais nada. Sei que rompi por nós dois. Sei que não te dei a chance de saber que seria a última vez. Sei que isso é a anulação completa. Sei que já se passaram alguns meses.

Para ser bem sincera, eu não pretendia te ligar de volta. E isso é uma filha da putice sem tamanho, eu sei disso também.

Se você ainda está se perguntando, é claro que eu não fui embora por causa daquela menina do bar, aquela, os cabelos compridos, o vestido preto, as bochechas coradas e redondas, ou aquela outra, da viagem, os brincos de argola, o jeans surrado, a voz anasalada, o batom escuro, será que você sequer se lembra? Mas você é do tipo que se lembra de tudo. Talvez se não lembrasse doesse menos. Vou parar por aqui, somos grandes demais para esse tipo de coisa. Ou talvez não. Talvez no fundo eu tenha ido por tudo isso mesmo. Talvez eu queira me dizer que é por algo maior, enquanto o fim acontece justamente pelos clichês, pelos atravessamentos mais batidos.

É verdade que desistimos os dois, cada um a sua maneira. E pouco importa. Porque nossa vida anterior parece apenas isto, uma vida anterior. A sensação é de que cruzamos a ponte e ela caiu, não há meios de voltar atrás, não há como não ver o que já se viu. E nós, meu amor, vimos todo o fim, vimos a ponte caindo desde antes, e corremos para atravessá-la, não é mesmo? Eu não quis te deixar para trás, mas meu instinto sempre falou mais do que qualquer tipo de vínculo, é o que eu compreendo, enquanto te escrevo. Enquanto te escrevo aqui, nesse lugar, compreendo que deixei tudo para trás apenas por isto: um animalesco instinto de sobrevivência; não teve nada de intuição, de brilho, de vontade, aquela papagaiada toda. E então a segunda vez, agora, enquanto te deixo, é que percebo, novamente. Nada de intuição, de brilho, de vontade. Sabe? Foi só aquele bate-estaca no meu peito, CORRE, para eu sair dali que toda a estrutura ia desabar e a ponte cair e eu não pensei em você, meu amor, eu não pensei em nós dois. E eu peço desculpas por isso.

Mas algo aconteceu, e eu preciso que você venha. Tem toda a história da minha mãe, você sabe, mas não é pela mãe que te escrevo este e-mail. É da mais diferente e similar ordem. Estou aqui, e não posso ir até você agora. Preciso que venha. E preciso que venha sabendo que não merecemos.

Venha, pois estou no escuro e tomei uma decisão. Não posso dizer que fique aqui, você terá que pagar um hotel. Escrevo isso e penso que talvez você nem queira ficar aqui. Também não sei se vai ser rápido, acho que vai depender de você.

Não sei como terminar este e-mail.

Ela

***

É claro que eu não falei nada disso.

***

Lembro de acordar com o lençol vermelho e úmido. Lembro de olhar para baixo e não saber se o sangue ainda vinha ou se aquilo era uma lembrança das primeiras horas da noite. Lembro que ele estava viajando, e que eu não sabia a quem recorrer. Lembro de chamar um táxi e descer, pelo elevador, segurando uma toalha entre as pernas. Lembro de sentar no carro e falar, Pode deixar que eu não vou manchar o banco. Lembro do motorista não me responder e eu não saber se ele tinha escutado. Lembro de falar mais alto, e ele me olhar com compaixão; isso não importa agora. Lembro do seu rosto, senhoril, a pele escura. Lembro de chegarmos ao hospital, eu lhe entregar o dinheiro, Toma, pode ficar com o troco. Lembro dos médicos me colocarem numa cadeira de rodas. Lembro de olhar para o chão e ver que meu sangue pingava. Lembro de ver o táxi indo embora. Lembro de não saber mais se usava calcinha ou não. Lembro do médico falando para eu não me preocupar, que era tudo muito espetacular mesmo. Lembro que ele usou esta palavra. E S P E T A C U L A R. Como se eu montasse um show. Lembro de me curvar para a frente, como o artista que agradece. Lembro do corpo pendendo para a frente e indo de encontro ao chão.

Lembro do chão.

***

E foi aí que acordei. A cama ensopada. De suor. E suor apenas.

***

Eu tinha os olhos pesados como dois carimbos prestes a encontrarem o papel. Havia passado a noite entre ensaios de uma ligação e idas ao banheiro, o prelúdio de enjoo. Apalpava meus seios, com a sensação de estarem mais cheios, mesmo sabendo que isso só poderia ser da minha cabeça. O sol subia e eu sentia seu calor esquentar aos poucos minhas pernas, braços e pálpebras. Sua luz invadia e confortava ao mesmo tempo; era, de certa forma, um pouco como eu me sentia.

Reparei na minha camisola gasta e com furos. Havia escovado os dentes algumas vezes durante a noite, mas ainda havia um resquício de cheiro de dentro, eu podia sentir. Os cabelos desgrenhados presos num coque alto, de modo que o vento batia na minha nuca e causava um frio gostoso. Varandas sempre me fizeram respirar.

Eu peguei o telefone ao meu lado e, num gesto cansado, apertei no seu nome. Chamava. Ele atendeu, com uma voz controlada e preocupada. Nunca me havia acontecido de ouvir sua voz e não querer saber onde ele estava.

Ela. Tá tudo bem?

Oi, tá sim. Me desculpa ligar a essa hora,
foi o horário que deu.

Tudo bem.

O tom da sua voz havia mudado, passada a preocupação com meu estado. Eu achava bonito isso nele. E achar um gesto seu bonito era como reviver uma língua que eu julgava estar morta.

Eu já esperava uma ligação sua.

Não sabia quando, mas sabia que viria.

Ah, é?

Sim. Você nunca soube terminar as coisas
sem enfiar algumas palavras no meio.

Acho que você está certo.

Então o que você quer me dizer?
Ou você quer que eu te diga algo?

Pode dizer, sim.

Ele riu, de modo irônico e confuso, e eu o imaginei sentado no sofá da sala, com a cueca samba-canção e sua grande mão segurando o celular. Me perguntei se alguém dormia no quarto, mas essa pergunta não se reteve em minha mente. Foi como um trem que passa e eu permiti que passasse. Me lembrei de como o sol que eu sentia agora também tocava minha pele na antiga casa.

Eraum dos meus momentos preferidos da semana, me deitar contra o chão de madeira fria num domingo e senti-lo chegar.

Entendi aquilo como felicidade.

Tá batendo aquela luz aí na sala?

Eu não tô em casa.

As emoções voltaram todas de uma só vez e eu senti. Senti a raiva, o medo, o amor que ainda restava, e restava; e senti o sol que agora estava à altura dos meus olhos. Me lembrei de um professor que havia me explicado sobre olhar tempo demais para o sol. Lembrei de como encarava sua luz por alguns segundos para então virar rapidamente meu olhar para outro ponto: era aí que se formava uma bola azul no lugar que antes o sol ocupava. Lembrei do mesmo professor me explicando como tudo que olhamos deixa em nossa mente uma impressão, e por isso, quando mudamos o foco do nosso olhar, ainda temos alguns últimos segundos de impressão da imagem anterior, na sua cor oposta. Eu sabia que tinha olhado para ele tempo demais.

Mirei minha barriga e assisti à pequena bola azul se materializar.

Eu tô grávida.

As palavras apenas saíram da minha boca.

Era como se eu escutasse alguma outra pessoa dizê-las por mim. Virei meu olhar para a porta do quarto e a bola persistiu, por alguns segundos.

A beleza das coisas efêmeras.

O seu silêncio acompanhava o despertar da cidade, os primeiros motores dos carros, uma obra que martelava ao fundo, a música do gás, que invadiu a cena, de repente.

O que você está pensando?

***

Ele deve chegar em meia hora.
Eu não tenho nada, Laura. Nada.

Eu dizia, enquanto tentava fechar a calça, sem sucesso.

Às vezes precisamos deixar para trás o que
somos, sem ainda saber o que vamos ser,
não é mesmo? — me disse, ao telefone.

Nem as roupas da minha mãe
estão entrando mais.
O que eu faço?

Meu estômago se contorceu com a sua resposta.

Vai ser o jeito — eu disse,
desligando o telefone.

Caminhei até seu guarda-roupa e ali estava, bem onde eu imaginava, como se soubesse desde sempre, escondida em algum canto da memória, por baixo de todos os casacos pendurados em cabides, a caixa de pandora, toda delicada por fora, decorada com flores cor de vinho. Eu a abri. O cheiro de naftalina subiu tão forte a ponto de eu precisar virar o rosto para o lado. Ou não tinha cheiro nenhum, era apenas meu medo. Todo o passado, ali: minhas roupas de adolescente, o vestido da primeira comunhão, o vestido que eu usei quando meu pai faleceu. Uma camiseta velha dos *Rolling Stones* com a qual perdi minha virgindade e ela nunca soube, e soube. Algumas calças *leggings* — naquela época eu havia desistido de qualquer tipo de jeans, era uma tortura ver os números subindo, meus centímetros de quadril se alastrando —, casacos sem fecho, zíper ou botões, e por fim uma lhama de pelúcia que meu pai havia trazido do Peru, eu ainda podia lembrar das suas cores vivas e minha mãe estava feliz com um livro antigo que ele havia lhe dado, parecia ter algo escrito dentro mas eu não lembro o que era, sei que raras eram as vezes em que ele acertava nos presentes, mas naquela vez ele havia acertado. Os olhos de minha mãe pulsaram e ela saiu por alguns instantes e acho que foi chorar, e lembro do meu pai sentir que tinha acertado e estufar o peito, para então sentar ao meu lado e me contar breves histórias das ruas em que andou e do cheiro das pessoas e dos gritos dos comerciantes, e aí minha mãe voltou e sentou no chão, ao nosso lado (e até aquele momento eram dois elementos que não faziam parte do mesmo mundo, não se tocavam, a roupa da minha mãe e o chão), e eu lembro de sentir, desde o instante real, que aquilo era bom, que ali acontecia um desses momentos em que o mundo se alinha e as coisas vão para o seu lugar, ou então era eu que tinha cruzado uma nova esquina, aberto uma outra janela e, finalmente, esbarrado com outra família. O engraçado é que parece que foi concomitante, esse meu pensamento com a sensação que assolava, pouco a pouco, minha mãe, as partículas de poeira penetrando no tecido negro do seu vestido, suas mãos cada vez mais gélidas contra o chão frio, e ela deve ter sentido uma vontade inegável de levantar-se, deve ter sido isso, pois as coisas no seu devido lugar duram apenas alguns segundos, e quando eu a vi já estava no quarto novamente, e lia o livro que meu pai havia trazido, isolada, sem tradução, e ele a olhava de longe, e eu o olhava enquanto ele a olhava, e era uma cadeia de distâncias, e lembro de olhar para a lhama, suas cores vivas, minhas mãos de criança, meus dedos compridos, e de repente haviam se passado anos, e a lhama já estava quase sem cor, e seu pescoço não se sustentava mais por si só, pendia para o lado. E minhas mãos eram grandes, os dedos mais compridos ainda.

Coloquei a mão na minha barriga. Esperava sentir algo diferente se algum dia ficasse grávida. Não um brilho nem nada do tipo, mas algo.

Peguei a velha camiseta dos Rolling Stones. De todas as roupas era a única pela qual existia afeto. Olhei-me no espelho e me senti num daqueles programas sobre adolescentes grávidas. Ri da ideia. A campainha tocou. Eu estava apenas de calcinha e camiseta. Silêncio. Na rua um sol de novembro. Pensei que meu filho nasceria em maio. Pensei que poderia ser uma filha. Senti a parte de trás da cabeça pesar levemente. Abri a gaveta da minha mãe procurando um short. A campainha de novo. Nada ali me serviria. Comecei a remexer na gaveta com uma fúria que não era e era minha. No fundo, short de pijama do meu pai. Serviu. Fui em direção à porta.

Abri de uma só vez.

Ele.

***

Estávamos sentados na varanda. A luz do sol era laranja e refletia na sua pele morena. Eu tive a sensação de que jamais poderia conhecê-lo de novo. Ele fumava um cigarro, depois de perguntar se eu me importaria. Disse que não, mas não pude deixar de pensar que ele ficava ridículo fumando, como um ator forçando uma marca, usando do cigarro para saber o que fazer com as mãos, para fugir do olhar. Ficamos os dois em silêncio. Eu, a camiseta; ele, o cigarro.

E desde quando você fuma?

É o que dizem que devemos fazer, não é?

Devemos quem?

Os deixados — ele disse, sorrindo.

Eu ri junto e lhe estendi a mão pedindo o cigarro. Ele me deu, sem olhar nos meus olhos. Olhei para os meus dedos enquanto a fumaça escapava, indo junto com o vento. Precisava de algo para segurar, pois nunca havia suportado minhas mãos vazias perto de suas mãos vazias. Minhas palmas suavam. A luz laranja do sol, nós, o cigarro, a camiseta.

Você vai ter, então?

Eu vou.

Silêncio. Por que ele não dizia nada?

Por que você não diz nada?

Eu sentia falta das suas mãos. Havíamos comentado inúmeras vezes sobre como nossas mãos eram boas juntas, dedos longos, combinavam. Sentia falta de ver suas mãos e as minhas, como um plano à parte. Ele passou as mãos pelo rosto.

***

Uma vez que havia começado, ele falava, falava, falava sobre nós dois e a forma como eu fui embora, falava sobre seus dias sozinho, dava dicas de que tinha saído muito, enchido a cara, "exagerei mesmo, os exageros, né?", ele falava tanto, e eu traduzia de forma que fosse compreensível com o mundo que eu enxergo; e ele e as coisas e a camiseta dos Rolling Stones e a minha barriga que não era mais só minha.

E como tanto havia passado e a camiseta continuava ali, a mesma camiseta da primeira porra que entrou em mim, eu, dezesseis, ele, dezoito, eu, cabelos longos e mais nutridos, eu, os quilos a mais, e ele, o primeiro, o número, nada além.

Eu preciso saber que você vai se cuidar.

Então senti uma solidão extrema. Porque eu nunca soube me cuidar muito bem mesmo. E a expressão, *se cuidar,* como quem olha de longe, como se apenas eu pudesse fazer isso por mim, só eu podia, toda nossa distância, agora não física mas sim espiritual, ele sem a mínima consciência do que se passava dentro de mim, e comecei a me perguntar se aquele filho era mesmo dele, uma sensação estranha, porque é claro que era, não tinha tido mais ninguém, mas uma sensação de que aquele filho era só meu, a gravidez é um *processo feminino,* eu havia escutado uma vez, e só agora compreendia, através da sua absoluta falta de compreensão, e era o meu corpo que aumentava de tamanho enquanto eu sentia que ficava menor e menor, e ele, que estava ali, do meu lado, mas nunca poderia passar por aquilo junto comigo; ele, com suas ótimas relações, e eu, sempre tão calada, meus afetos feito espirais, que se enrolavam, serpentes jiboias dando a volta no meu corpo, e eu, que tentava continuar caminhando apesar de toda a cegueira e toda a luz, eu, com as minhas relações que eram quase nada, quando eu nunca tinha visto verdade, eu sempre tinha enxergado a verdade fora de casa e dentro de mim, eu, que só conseguia pensar que não queria ter a distância que a mãe tem com seu filho, a distância e a inesgotável proximidade, proximidade forçada, goela abaixo, abre a boca, bebê, olha o aviãozinho.

Eu vou me cuidar. Vou me cuidar
porque eu quero ela.

É uma menina, então?

Vi nos olhos dele gotas de uma felicidade abrupta insistindo em chegar mesmo quando seu corpo dizia que não, que ele não devia olhar na minha cara, e que estava envolvido com outraS pessoaS e que eu não merecia, que eu era louca, e eu não era, e ele sentia e por isso as lágrimas vinham sem pedir permissão pois apesar de tudo e por causa de tudo, falávamos no mesmo canal, e eu ficava com essa imagem na cabeça, das pessoas sendo como estações de rádio, e mesmo em linhas de transmissões diferentes era aquele o momento, o momento em que o nosso canal se encontrava e acontecia a explosão que ele sentia, e as coisas ficam no seu devido lugar por poucos segundos, e eu sentia, e o sol nas suas costas, e a camiseta dos Rolling Stones que era e que não era a mesma, e eu, que era e que não era a mesma, e ele, que era e que não era o mesmo, e eu, que o reconhecia milhares de vezes naquele instante.

***

Eu tenho trinta anos e ando por um caminho escuro. Ao meu lado, árvores e mais árvores. Meus pés dançam por uma trilha já falha, afastando a areia por entre meus dedos, fazendo com que sinta o úmido que existe embaixo da terra. É uma noite sem luz, e mesmo se houvesse lua ou estrelas, as copas das árvores seriam altas o suficiente para decepá-las.

Posso ouvir o barulho do mar a alguns metros de mim. Poderia estar indo pela praia mas, apesar de gostar da água, não sou uma pessoa de mergulhos. Poderia acender a lanterna que sinto no bolso do casaco, mas caminhar no escuro total suscita um modo de ver a vida. Que é o não ver. Ele está a alguns quilômetros de mim. Sei que dorme e que quando chegar ao final do caminho o verei. Não sei se quero encontrá-lo. O que farei quando chegar e ele estiver dormindo? Deitarei ao seu lado? Não conseguiria dormir.

Ficaria apenas me revirando de um lado para o outro, sentindo o úmido do chão embaixo das minhas costas, mesmo com camadas e camadas de colchão e lençóis. Não, não vou dormir quando o encontrar em seu sono. O acordarei, então. O acordarei e viveremos o que deve ser vivido à noite. Queria que me olhasse como um animal. Não quero acordá-lo, pois tenho medo que me olhe com toda a distância que uma pessoa olha para outra pessoa. Não, não vou acordá-lo quando o encontrar em seu sono.

Vejo o fim do caminho. Existe uma luz. Eu paro, pois mesmo a luz sendo fraca ela me engole. Eu sou o escuro e o efeito da luz é como o puxar de um fio de roupa, destruidor e terno. Eu não quero que seja dia. A luz passa por mim, e é um homem preto que a segura. Tão preto que eu não o enxergo nos momentos em que a luz se afasta do seu rosto. Boa noite, ele me diz. Então ainda é noite. Olho nos olhos dele, é o rosto mais bonito que já vi. Tenho vontade de tocá-lo, mas quando estendo a mão ele desaparece. Vejo a luz diminuir, diminuir até tornar-se um ponto ao lado oposto do que vou, um ponto que já não diz nada. Não quero chegar ao fim do caminho e encontrá-lo em seu sono. Meus pés caminham por conta própria e quando tento parar de caminhar, eles continuam sem mim. Corro para alcançar meus pés. É quando os alcanço que percebo que cheguei ao fim. A trilha se desfaz em meio à areia, a mata agora só existe às minhas costas.

A instantânea amplidão é como;

***

Acordei no meio da noite me sentindo tão distante de mim. Queria só arranjar alguma coisa prática para fazer, qualquer coisa, qualquer coisa que mantivesse as mãos ocupadas, mais ocupadas que a cabeça, que insistia em dar voltas e voltas por meu prédio e meu bairro até chegar ao hotel em que ele estava.

Achava engraçado como havíamos discutido tantas vezes sobre como a decadência sempre vem com o tempo. Nossas peles, nossos ossos tão frágeis, apodrecendo milimetricamente, sem que possamos perceber. E agora eu encarava o rachado no teto do quarto, o mesmo rachado que cresceu perpendicularmente e proporcionalmente ao meu corpo deitado, e pensava como é essa enorme coisa que passa.

Olhava para minhas coisas, para os livros já muito gastos, as fotos amareladas. Olhava para a cadeira de rodinhas à minha frente. A mesma cadeira que antes era um verde-vivo, naquele momento não passava de um couro desbotado, beirando a cor da bile. Pensava na batalha que eu travava, sempre travei, com o efêmero. Como quando eu era pequena, e dentro do carro estalava meus dedos pensando, *O agora já passou*, e já passou, e já passou.

E como retê-lo?

Quando eu tinha dez ou onze anos, fazia aulas particulares com uma professora de matemática. Sua casa ficava do outro lado da cidade, numa zona mais pobre, e para chegar até lá passávamos de carro pelo rio. Eu via as pessoas sentadas à sua beira, fumando, e percebia que minha mãe também via.

A casa da professora tinha um pátio no meio, onde existia um grande jardim. Sentávamos para fazer os exercícios, e ela me oferecia biscoitos de manteiga, desses que tem no Natal, mas ela, ah!, a professora tinha o ano inteiro. E tinham um cheiro específico, os biscoitos de manteiga. Eu não exatamente gostava deles, mas gostava de um certo acolhimento que eles me faziam sentir. Gostava de chegar na casa e saber que eu comeria biscoitos de manteiga, e gostava deles estarem lá, correspondendo às expectativas. Porque os biscoitos de manteiga cheiravam a estranheza disfarçada de acolhimento. Tão disfarçada que em alguns momentos eu até acreditaria nela.

Penso, quando não se tem segurança na vida cotidiana, se procura segurança nas pequenas coisas.

Até mesmo na permanência de alguns biscoitos velhos.

Meu quarto me lembrava os biscoitos de manteiga da professora. Resolvi dar um fim em tudo. Reuni caixas e caixas de papelão e, uma a uma, fui colocando nelas as roupas, livros, retratos, lençóis e toalhas. Quando acabei, o quarto era todo branco, cheguei a pensar em redecorá-lo, porque daquele modo ele só me lembrava a clínica e o *conserta-se gaita*, e me lembrava de Joana, e seu rosto e os dentes separados, e eu tive o impulso de sair e comprar uma tinta qualquer, e então percebi que não poderia. Ou poderia, mas não devia. Porque decorar o quarto seria começar a dar àquele lugar o nome de *minha casa*.

Assustada com a ideia, e sem mais roupas que me servissem, levei as caixas até a garagem, entrei no carro e me dirigi ao shopping.

Eu sempre odiei shoppings. Eu sempre odiei compras. Eu sempre odiei o olhar da minha mãe enquanto me entregava roupas que claramente não me serviriam, para depois dizer, *É, minha querida*, você precisa emagrecer. Eu sempre odiei o pensamento da resposta: ou quem sabe eu só preciso de um número maior, sem conseguir de fato dizê-la. Eu sempre odiei as lojas de departamento, eu sempre odiei roupa, eu sempre odiei as crianças correndo de um lado para o outro, eu sempre odiei balões de festas e pirulitos de morango, eu sempre odiei parabéns, e eu corria, corria, e a pior combinação eram as festas infantis dentro dos shoppings, e foi num dia desses que eu me desesperei e saí do reduto da festa e me perdi naquele enorme shopping, eu, com uns sete anos, andando de um lado para o outro, as pessoas se batendo contra o meu corpo, os seguranças me olhando de canto e eu me esquivando, as lojas, e como, desde lá, e eu já odiava os manequins anoréxicos, curvados para frente, na minha direção, como extraterrestres prestes a me dar um beijo frio, como o prelúdio do ataque à minha vida.

***

Eu o conheci num momento em que estava desesperada para encontrar alguém fazendo o que quer que fosse com verdade. Não me importavam seus amigos, seus tios, pais ou primos. Não me importava seu *background*, o braço que quebrou na terceira série ou os primeiros seios que viu num pornô barato. Quer dizer, tudo isso importava indiretamente, pois foi o que fez dele ELE, mas naquela época não me importava tanto. Não me importava principalmente porque eu vivia uma fase em que eu estava cansada de ser eu.

Queria ter quaisquer outras atitudes que não reconhecesse como minhas, mas isso também não seria suficiente, pois mesmo que as tivesse estaria o tempo inteiro me censurando e me perguntando que porra eu estava fazendo, e que negócio era aquele de querer fingir que eu não era quem era, porque eu poderia enganar outras pessoas, e até ele, mas não me enganava, e quem estava cansada de mim era eu e não os outros. E eu sentia falta da espontaneidade de ser.

Certa vez fomos a uma peça em que atuavam três mulheres. Era uma peça de teatro no centro, dentro de uma sala abafada com paredes brancas cobertas por tecidos pretos mal colocados, e todos sentavam-se em círculo e as três atrizes, de idades distintas, filha, mãe e avó, ficavam no meio formando um triângulo. Eu e ele estávamos do lado da mãe, de frente para a avó, na diagonal da filha.

E a peça seguia, e por alguns momentos eu esquecia que eu era eu, mas logo a perna adormecia ou era necessário mudar de posição e eu entendia que eu era eu e que havia alguma inquietação por debaixo da pele, e aquele homem do meu lado — não havíamos nos beijado ou dado as mãos —, mas aquele homem do meu lado, e eu me lembrava que eu estava cansada de mim, mas era do meu lado que ele estava, e aquela velha à minha frente, me encarando de forma quase absurda, enquanto proclamava palavras que por vezes não faziam sentido algum, por vezes atingiam meus ouvidos como estalos de São João, estridentes, repentinos.

E eu olhava para a velha e pensava que toda mulher já havia sido interrompida por um homem. Pensava que durante o seu ritual, seu destino, lá estariam eles, um para cada uma, mais de um para cada uma, muitos contra uma, todos parados como enormes estacas de madeira, interrompendo sua fala e fazendo com que desviassem seu caminho, sim, era uma certeza: toda mulher era interrompida por um homem no seu rito de passagem. Menos as atrizes.

Era uma sensação difícil de explicar. Desde pequena eu me sentia menos concreta do que um homem. Não sei se isso tem a ver com brincar de boneca, ou se é algo mais fundo. Mas quando eu escutava um homem me falando de algo com paixão, tinha a sensação de que eu nunca conseguiria amar algo dessa mesma forma — a não ser ele —, nunca um assunto, uma matéria, um mundo meu. E isso se dava nas menores situações, como quando estava na loja escolhendo um disco, eu me imaginava escutando suas músicas, no meu quarto, eu e meu mundo, e eu gostava da imagem, só não sentia que aquilo era palpável. Ou quando ia ao cinema sozinha e queria estar lá, queria ver o filme e queria que minha companhia bastasse, e bastava, mas não parecia bastar.

Como se todo tempo eu fosse cercada por essa inconcretude, essa vaziez, essa falta.

Demorou um tempo para eu entender que eu existia, de fato. Eu apenas existia como mulher. E até esse tempo chegar era preciso que eu me agarrasse àquilo que eu apenas era, que não me restavam dúvidas. Eu era a palavra, isso sendo verdade ou sonho.

Mas vendo a velha atriz à minha frente não podia deixar de pensar em como tinham uma força descomunal, selvagem, uma força que homem nenhum era capaz de interromper, uma força na qual, durante seu trajeto, ao enxergar o homem, as fez mergulhar em si mesmas como único caminho possível. E então eu percebia: as atrizes sabem lidar com a falta.

Foi aí que eu tive uma das sensações mais bonitas que se pode ter com a arte: a certeza de que o que acontecia ali, entre aquelas quatro paredes, o passar de um instante de realidade crua para um instante de uma realidade aumentada, era muito importante que acontecesse. E para isso não importava se a sala estava abafada, as paredes cobertas por tecidos tortos, quantas pessoas estavam sentadas naquele círculo. Com apenas as três, ou um milhão, o que acontecia no meio do círculo aconteceria de qualquer forma. Porque quando a arte acontece é concreta, explode.

Eu queria que a minha filha sentisse as coisas de forma concreta. Queria que continuasse sentindo, mesmo quando não tivesse ninguém olhando. E principalmente quando não tivesse ninguém olhando. E era essa a sensação quando, entre a saudade que as suas viagens causavam em mim, eu podia, durante alguns dias, ser. Uma sensação parecida com as viagens de meus pais, quando me deixavam com a babá e tudo que era antigo adquiria um novo significado e as possibilidades se estendiam. E quieta, como um segredo, eu era livre. A mudança acontecia de dentro para fora, e naqueles dias, num misto de contagem regressiva com não querer que eles acabassem, eu era. Porque a liberdade pode ter um cheiro insuportável de primavera.

Mas ainda era inverno e eu estava com as tantas sacolas novas na frente da porta do quarto, sem saber o que vestir. Havíamos combinado de jantar, pois ele iria embora e depois voltaria. Normalmente eu não teria certeza de que voltaria de fato, mas agora existia uma fé cega em mim.

Deitada na cama, eu observava os volumes das sacolas, com panos e papéis saindo para fora. Os volumes me enjoavam. Olhei para o relógio, ainda existiam algumas horas para o tempo de nós dois. Olhei para a janela, era um dia cinza, com uma chuva fina. A casa não parecia tão vazia, e eu queria que a chuva continuasse pelo tempo que eu ainda ficaria ali, à espera, como se toda vez que colocasse os pés em casa pudesse acionar um botão e a chuva viesse, sem pressa, preencher o espaço entre as paredes.

Meu corpo estava um pouco gelado, mas isso importava muito pouco.

Tentei me concentrar nos barulhos ao meu redor. A chuva fina, alguns pássaros, poucos, com piados igualmente finos, talvez os mesmos pássaros que eu escutava da janela da escola, a algumas quadras de distância, ou então os filhos desses pássaros, ou pássaros que não tinham nada a ver com nada, mas que, na minha cabeça, tinham o canto muito semelhante aos da minha infância.

Lembrei então das aulas de matemática, das tantas vezes depois de me formar que eu tinha sonhado estar diante de uma prova com números e formas geométricas sem saber o que fazer, lembrei da professora enorme, a carrasca que apoiava os braços cruzados em cima dos peitos enormes, os mesmos peitos que apontava na cara de quem ela estivesse dando o sermão; a professora que eu olhava e a sentia tão triste, e a única a reparar quando eu estive em depressão, quando nem eu sabia o que era depressão, ainda menos que eu estava numa. Lembrei da sua voz grossa falando números e fórmulas, lembrei das minhas sempre falhas tentativas de concentração, mas naquele mês algo parecia diferente, e estava, era como se eu sonhasse o tempo inteiro, e a realidade era muito fina, tão fina quanto o canto dos pássaros, tão fina que não havia no que se agarrar, muito menos na voz da professora cada vez mais fina e distante da sua forma grande e grossa, quando me disse:

Você não está bem.

Era o final do período, todos saíram carregando suas mochilas, as mesmas que já estavam arrumadas e posicionadas vinte minutos antes do sinal bater, quando apenas escutávamos os números já com a cabeça a quilômetros de distância daquele lugar. Eu carregava a mochila branca, que parecia não pesar nada e, no momento em que me disse isso, eu me perguntava se havia pegado de fato os cadernos, e se havia, por que estava tudo tão leve? Eu preferia não ter pegado nada e poder voltar atrás, poder colocá-los dentro da mochila e sentir um pouco de peso nos meus ombros, um pouco de peso que me puxasse para o mundo dos vivos.

O quê?

Você não está bem. O que está acontecendo?
— repetiu a pergunta, com os braços cruzados
e apoiados em cima dos peitos enormes.

Seus peitos apontavam na minha direção como uma máquina prestes a captar cada vírgula que sairia da minha boca, e acho que por isso continuei calada. Não tinha parado para pensar que não estava bem, ou o que estava acontecendo, porque na verdade não tinha acontecido nada. Mas, por vezes, a depressão vem assim, sem aviso prévio, como pequenas camadas que são sobrepostas sobre o seu dia a dia até o momento em que você a percebe, toda de uma vez, as camadas transpassadas e mais finas que uma folha de papel, frágeis, movediças; e como que era aquilo de levantar e pôr um pé depois do outro?

Eu devo ter ficado parada na sua frente por alguns segundos até me lembrar que tínhamos tido prova na semana anterior.

Eu fui muito mal?

A professora parecia também não se lembrar pois demorou a recobrar a atenção, para então procurar a pasta embaixo da mesa. Abriu as provas rapidamente, viu uma nota que eu não consegui enxergar, porque também tinha isso, as coisas pareciam estar um pouco fora de foco, não muito, mas um pouco, um pouco duplicadas e turvas e era necessário fazer algum esforço para conseguir enxergá-las um pouco, não muito, mas um esforço que já estava sendo direcionado para continuar ali em pé, com a mochila de pena sobre meus ombros.

A mesma coisa de sempre.

Disse mas continuou me encarando e eu entendi que me perguntaria sobre meu estado mesmo se eu tivesse tirado um dez — coisa que alguns meses depois veio, espontaneamente, através da ligação que construímos.

Senta aqui — mandou, apontando a
cadeira à minha frente.

Eu sentei, porque as pernas pareciam que iam ruir, e foi um alívio sentar, e meu corpo era frio, muito frio, mas isso importava muito pouco, e ela pegou minha prova e disse, Vamos ver o que você errou dessa vez.

E então começou a me explicar e a falar novamente sobre números, e eu não entendia o porquê de tudo aquilo, por que insistia em me falar das mesmas coisas de sempre quando eu não era a mesma de sempre, e o que eu era? E se sabia e via, então por quê? E as coisas ficaram mais turvas e desfocadas e leves quando senti suas mãos gordas segurarem meus ombros:

Ela, é muito importante que você entenda
o que eu estou explicando agora. Ouviu? É muito
importante que você se concentre e
entenda o que eu estou te explicando.

Eu não lembro o que eu disse mas devo ter feito que não com a cabeça, pois não entendia; nunca havia entendido aqueles números e por que a sensação de que tinha algo para me dizer e era eu que não pegava? Por que a sensação de que as pessoas sabiam regras que eu desconhecia?, e essas regras sociais do mundo onde todos parecem entender os porquês, e eu não entendia, eu nunca entendi, e tentava, mas então por que minha intuição gritava que ali, no meio daqueles números, existia um SIM?

Ela, me escute. É necessário que você
entenda algo de muito concreto agora.
Não importa tanto o quê, mas é importante
que você entenda algo de muito concreto.
É isso que eu sei e é isso que vamos tentar.

Ainda não havia entendido tudo, mas um pouco, e entender um pouco importava muito naquele momento. Então voltou a falar do x e y e em certo momento olhou nos meus olhos e me falou que as letras e os números sempre estariam ali, daquela forma. E repetiu comigo a mesma equação vinte vezes, aquela complicada, até o momento em que eu sabia fazê-la sozinha, não porque havia decorado, mas porque entendia o que levava cada um deles até seu lugar de pertencimento. E as coisas estavam um pouco mais pesadas, não muito, mas um pouco, o suficiente para que eu tivesse a sensação do ar entrando e saindo, e não apenas me atravessando como todo o resto.

Devemos ter ficado lá até uma hora da tarde, pois quando cheguei em casa minha mãe perguntou o que houve e eu disse, fiquei até mais tarde resolvendo uns exercícios com a professora. E ela disse:

Já estava na hora dessa mulher
te pegar de jeito.

E eu entrei nesse mesmo quarto e fiz e refiz a equação muitas vezes, até meus dedos doerem e eu sentir uma vontade enorme de fechar os olhos.

Agora, com trinta anos, eu olhava para a escrivaninha com a cadeira à sua frente: era como se pudesse me ver escrevendo, escrevendo, escrevendo, eu sentia alguma presença, ali, a alma do objeto, e o lembrar da professora e da minha mãe, ela, que naquele dia passava em alguns momentos pela porta do quarto, mas não a abria, eu só conseguia ver ela passando, pois via por debaixo da porta: sua sombra, e então ela ficou longos minutos parada atrás da porta até o momento em que eu a abri e perguntei, Você está precisando de alguma coisa? E eu nunca tinha enfrentado minha mãe assim, e aí ela ficou meio atônita e disse, Não, eu não preciso de nada.

E um tempo depois eu fui na cozinha e podia sentir o cheiro do seu cigarro de cravo pela casa inteira — meu pai odiava que ela fumasse em casa, mas naquele dia ela fumava, ela parecia ter feito questão de fumar em cada cômodo, porque eu andava a sua procura e não a achava, e entrava em quarto depois de quarto, e na sala e nada; quando a encontrei fumando na varanda, ela me olhou e soltou uma última baforada na minha direção.

E foi a partir daquele momento que entendemos: eu era uma, e ela era outra.

***

Nesse dia, depois da baforada, eu voltei para o meu quarto e a mão esquerda começou a traçar uma linha torta, logo abaixo da última fórmula escrita, e então a linha se transformou num E, e num U e num S O U. Eu era alguém tão diferente dela e de tudo naquela casa que só poderia ser alguém à parte, como se olhasse para os lados e percebesse que aquela vida, até então *a minha vida*, na verdade não era minha, nunca havia sido, e existia uma certa força nisso; a falta é o que me dava certeza de que eu era. E como se tudo o que precisasse era que eu escrevesse a primeira palavra, todas as outras vieram como uma represa que se abre e inunda, e eu escrevia; escrevia sobre como as plantas murcham e eu tento captá-las, secá-las, pendurá-las na parede, como uma forma de reter o tempo, como uma forma de reter meu próprio estado de espírito, escrevia sobre as palavras ESTADO DE ESPÍRITO, e como meu quarto era sempre o mesmo, e eu estava tão diferente, e como eu pensava na rachadura ali no teto, que era e não era a mesma, e como ela já havia me visto tantas vezes, tantas pessoas diferentes entrando pelo quarto e que ao mesmo tempo eram e não eram eu, como a impressão era de que a rachadura captava minhas tantas energias, luzes de diferentes cores que subiam, subiam e se alastravam pelo teto, por debaixo do concreto, porque meu quarto era o único lugar vivo daquele lugar.

E escrevi sobre minha mãe, e me dei conta de que para mim ela era uma personagem, ela sempre havia sido, pois eu nunca tinha conseguido de fato adentrá-la, escrevi sobre como havia algo de esguio no seu olhar, um medo de que nos entendêssemos demais, ou de que não nos entendêssemos em nada. E escrevi sobre meu pai, como havia a sensação de que nós sim falávamos no mesmo canal, mas que não havia tempo, ou melhor, não havia uma prioridade no seu tempo. E eu sabia que não era nada pessoal, era apenas o jeito como as pessoas se relacionavam mesmo, mas escrevi sobre querer MAIS e escrevi sobre o medo de querer mais, e nesse momento percebi: a escrita da palavra MEDO não acompanhava o medo em si, pois à medida que as palavras saíam, eu me esvaziava e eu sabia que eu queria.

Mais.

Então comecei a ir aos cafés, e passava a tarde escrevendo, por vezes não sabia direito o que escrever, mas o importante era o ato porque era aí que o mundo me dizia: tudo bem querer mais, querer uma conexão maior. E por mais que eu não quisesse admitir — e na época nunca admitiria — eu começava, pouco a pouco, a entender minha mãe: escrever era pertencer. E eu saía do colégio e escrevia a tarde todinha, e voltava e minha mãe me olhava longamente, mas nunca perguntava onde eu estava ou o que tinha ficado fazendo, eu sabia, ela sabia; era a minha vez. E eu me sentia mulher, me sentia muito mais mulher do que quando dei para aquele moleque: porque, finalmente, eu entendia as entrelinhas.

E meu pai nem via o quão tarde eu voltava, e via, eu descobrindo aos poucos a vida fora de casa, que eu ia e voltava e estava tudo sempre igual, ele enfurnado no escritório, minha mãe e seu afazeres enigmáticos e vazios, e eu comecei a ficar com uma raiva por ela me tratar assim, como uma burra, como uma criança incapaz de entender suas questões, pois eu já havia descoberto o mistério, ela que não sabia. Então eu comecei a ficar muito quieta e agressiva, a ponto do nosso encontro num mesmo ponto da casa ser o suficiente para que eu saísse em disparada, o caderno debaixo do braço, e meus amigos me diziam, não sei se isso de escrever está te fazendo bem, e eu olhava para eles e pensava, Que bando de idiotas.

E foi aí que veio Laura. O momento em que se sentou ao meu lado no segundo período e, enquanto ninguém entendia por que estava lá, me perguntou o que eram aquelas tantas páginas. E eu, um pouco assustada, respondi que não sabia. Que escrevia para passar o tempo. Hm, como escrita intuitiva, você diz? E eu disse que sim, mas não sabia o que era escrita intuitiva. Posso dar uma olhada? E eu a achei um tanto invasiva e mal-educada, mas disse ok, eu estava me sentindo bem acuada com toda aquela situação e os amigos populares dela e meus amigos inexistentes e todo mundo olhando, e eu me perguntava se Laura sabia que todos olhavam, até que entendi que sim, sabia e se divertia com isso. Mas seu sorriso de canto foi ficando sério, sério, e ela olhou fundo nos meus olhos, como quem queria saber, como meus pais nunca haviam me olhado e disse, Eu queria desenhar umas coisas com isso aqui. E eu disse tá, e tirou umas fotos com um celular bem podre e no dia seguinte me trouxe os desenhos mais sombrios e coloridos e nossos amigos olharam como quem vê um trem que já partiu ou uma onda que já quebrou ou qualquer coisa que aconteça e que seja tarde demais para impedir, e nós também vimos, a partida, e começamos a ir juntas aos cafés, e eu escrevia e lhe entregava a folha e Laura desenhava e eu começava a próxima e assim fazíamos nosso pequeno ciclo de eternidade.

Até que chegou o dia em que eu não consegui escrever. Eu me sentia observada, olhava para os lados e ninguém estava ligando, mas eu me sentia fisicamente suja, e era um dia de verão quente muito quente, e eu olhei para Laura que desenhava um mergulhador no fundo lá bem no fundo do mar, e o mergulhador estava de cabeça pra baixo e parecia ir mais fundo mais fundo e o fundo do mar de Laura era escuro muito escuro e aquele escuro foi me dando um enjoo porque eu senti que o mergulhador não ia chegar nunca, e ia continuar a ir mais para o fundo para o fundo sem chegar naquele negócio, naquela cena constante sem início nem meio nem fim, só aquela cena que antes não existia e pelas mãos de Laura passou a existir num instante; tudo aquilo foi me dando uma azia e eu olhei para o meu celular e já era muito tarde, e não tinha nenhuma ligação da minha mãe e nem nada, e eu olhei para Laura e senti que não a conhecia, e conhecia e não conhecia e conheço e não conheço, e me senti muito só, porque Laura não era minha família, e era e não era, e eu quis ir para casa.

Mãe, o que é casa?

E quando eu cheguei não tinha ninguém e os cômodos eram escuros como o fundo do mar, e eu liguei para o celular da minha mãe e nada, e para o meu pai e nada, e fiquei esperando ali, no meio da sala, fiquei esperando tanto tempo que devo ter dormido porque quando acordei já era claro e ela dormia no sofá à minha frente, com a roupa do dia anterior, e eu tive uma sensação muito ruim e fui até o quarto, mas meu pai não estava e eu entendi que era ele, o mergulhador. Voltei para a sala e sentei no chão, à frente da minha mãe dormindo. Eu sentia sua respiração abafada às minhas costas, e olhei para a frente, e que grande merda, ela estava certa: eu não sabia de nada.

***

A coisa triste é que a gente perdeu a intimidade.

Eu disse para ele, olhando nos seus olhos. Várias vezes pensava que seu corpo, por dentro, deveria ser parecido com as águas do Oceano Pacífico. Indomáveis, frias, desconhecidas. Raros banhistas, molhando seus pés na beirada. Alguns loucos mergulham mais fundo. Eu inclusa. Mas naquele momento eu o olhava e pensava sobre as tantas vezes em que me perdi na sua profundidade, nadei no vazio. O castanho coloria seus olhos em forma de espiral. Como a chama de uma vela, quando se olha de perto. Olhei então para o prato, e indiretamente para a minha barriga, que invadia o quadro. Eu estava com nove ou dez semanas, calculava.

Havíamos passado o jantar falando sobre amenidades, não íamos direto ao ponto. E qual era o ponto? O ponto é que já tínhamos sido melhores do que isso. Ele sorriu — seria aquilo mesmo que eu via em seu rosto? — com compaixão.

Você sempre foi tão dura com as palavras.

O que você acha que está acontecendo, então?

Não acho que perdemos a intimidade. Acho que temos intimidade demais. Estamos pisando em ovos, sim, mas só porque sabemos demais.

A gente se lê o tempo inteiro — ele continuou, sem eu ter a chance de responder. — É quase como um vício. Ou pior que o vício, um hábito. Pra mim não existe intimidade maior do que o hábito.

Eu olhava para suas mãos, enquanto ele falava. Entrelaçadas, como quem segura um inseto que não pode escapar. Me perguntei o que aconteceria se, num momento de distração, ele as abrisse, apenas um pouco. Que bicho sairia dali. Se o comeríamos, ou se ele nos comeria. Notei que fazia exatamente o que ele havia descrito.

Eu o lia.

Isso não é intimidade. Intimidade é quando
estamos confortáveis sendo lidos.
Senão é só invasão.

Ele continuou me olhando, eu sentia que queria algo. Ou talvez me olhasse como uma louca. Não, como louca não, eu pensei. Tudo, mas como louca não. Porque havia sido ele o primeiro a me entender. Um pouco. Definitivamente havíamos perdido a intimidade.

Eu tentava perceber se houve algum momento preciso em que tudo acabou. Porque eu sabia exatamente o momento em que havia cruzado a linha de segurança, e passado a ser sua. Eu tinha acabado de ler um conto da Clarice Lispector, onde uma menina ganhava um pintinho da mãe e, de tanto o apertar, acabava matando-o. A mãe lhe dizia, Não é sua culpa, a gente não sabe amar bem. E eu ficava lendo e relendo essa frase, *a gente não sabe amar bem,* e por algum motivo pensava nele e nas suas mãos grossas, como se quisesse agarrar o ar, *a gente não sabe amar bem.* Nessa época ele estava viajando e fazia semanas que não nos víamos, e eu tinha medo. Eu tinha medo que fôssemos uma farsa, pois no fundo eu sentia que fingia, que o sentimento não podia ser verdade, e que quando nos víssemos nos olharíamos e não poderíamos mais fingir coisa alguma.

Sentamos num bar de esquina, as cadeiras de plástico, o litrão a dez reais. Conversávamos e enquanto ele falava eu o olhava, desconfiada, prestando atenção nos seus mínimos detalhes, nas suas tragadas, o isqueiro acendendo uma, duas, três vezes, e nos meus detalhes, cada fagulha, cada [illegible], tentando entender o que é, o que é?

Foi então que, em algum momento, ele começou a me contar de um amigo que morreu quando ele tinha seus quinze anos. Uma doença muito rápida, pegou todo mundo de surpresa. Meningite, talvez. E a energia foi baixando, baixando, e nós dois, que antes ríamos, ficamos muito sérios, e ele foi me contando sobre como teve de carregar o caixão junto com outros meninos, muito jovens, quinze anos só, e eu lembrei de Joana, e ele me disse, Não sei por que eu estou te contando isso, e então pensei nos meus pais, e nas pessoas que passaram na minha vida, como eu achava que estava tudo errado, e olhei para suas mãos grossas, e foi então que eu soube que, a partir daquele momento, eu só poderia amá-lo bem.

Corajosamente, sem apertar demais.

E nós poderíamos ter sido uma coisa muito boa, no fim.

Mas naquele momento eu tentava perceber qual foi o instante em que tudo acabou. Assim, se foi indolor, se por um acaso acordamos e, sem saber, já havia acabado. Se foi durante nosso sono que algo de muito tênue se dissipou. Se acordamos de manhã e servimos café, pão, manteiga, sem saber que a coisa já não estava mais lá. Se no fim o que fizemos foi justamente nos apertar demais, não por mal, mas na tentativa inútil de espremer cada gomo, quando já não havia mais fruto ou semente.

Senti de novo a minha barriga.

Ele me olhava.

O que foi?

Eu queria entender o que você quer de mim.

A simplicidade da pergunta caiu como ácido sobre meu estômago vazio. Porque simplicidade não tem nada a ver com superficialidade. Inclusive, ele sempre havia me feito perguntas simples.

É que eu olho pra você — ele continuou —,
e penso que estou num ponto da minha vida
que o que quer que você queira eu posso te dar.
Sério. Eu só preciso saber o que você quer de mim.
Senão eu fico aqui perdido, e sinto a todo segundo
que você já foi. E quando penso no que fazer,
você já foi de novo.

Eu ri.

Você não era tão arrogante.
Não tem nada que você possa me dar.

Ele me olhava, muito sério. As mãos fechadas apertavam o segredo. Eu sentia como se, peça por peça, ele tirasse minhas roupas. Um atravessamento cego e sem sentido. Ela se agitava na minha barriga.

Ele sorriu, abrindo as mãos, que em seguida seguraram as minhas. Seu toque continha uma familiaridade estranha. Queria direcionar todo o meu tato para as mãos, queria sentir sua energia com cada pedaço do meu corpo, mas sabia que não podia. O segredo irradiava, fazendo arder meus olhos.

A verdade é que você não faz ideia
do que quer, não é?

***

O resto do jantar foi algo de muito quieto. Ainda falávamos, mas havia um grande silêncio que permeava as palavras. O garçom perguntou se queríamos café, e dissemos que sim, embora eu tivesse a impressão de que nenhum dos dois queria de fato.

O líquido quente e grosso adentrou minha garganta como geleiras que derretem no verão. Era uma noite abafada, e eu não deveria estar bebendo café. Mas sentia que não deveria fazer muitas das coisas que fazia.

Saímos. Falávamos, falávamos, mas não nos escutávamos, eu tinha certeza. Estávamos ambos como quem pressente o perigo, mas finge naturalidade. Como quem, no fundo, espera o rebote. Entramos no mesmo táxi, fomos para a casa da minha mãe. Tudo era simples. Tudo era simples, novamente. Sabíamos o que aconteceria. Como um acordo feito no ar. Como o segredo à solta. Mas era necessário que nenhuma palavra fosse dita sobre o que estava por vir. Mesmo que soubéssemos. Pois senão a magia seria desfeita. E sabíamos disso também.

Eu parei diante da bancada da cozinha e ele veio até mim, muito devagar. Passava suas mãos pelo meu corpo de forma delicada, quase sem tocar minha pele. Eu tentei beijar sua boca, mas havia alguma camada qualquer entre nós. Os lábios apenas se tocavam, gentis e apavorados. Como se, por irmos rápido demais, tudo fosse desabar.

O gosto do café resistia tanto na sua boca quanto na minha. Eu me entregaria a ele, pois sabia que o fim pelo qual eu esperava estava ali. Esse era o momento, o momento em que tudo acabava. Com seu corpo no meu. Não, não era triste. Doía, mas não era triste. Não éramos nós que morríamos. Era o vínculo. Era preciso, sim, era preciso. Era preciso que eu dormisse ao seu lado mais uma vez, para então acordar no dia seguinte e não o reconhecer. Em nada. Era preciso não o reconhecer em nada para que eu pudesse me reconhecer. E para o vínculo morrer eu precisava ser sua. Com toda a mágoa, com toda a alegria, com todo o amor.

E assim, fui.

***

Você tem as veias finas e de um azul
muito escuro — ele disse, passando
seus longos dedos em meu braço.

A luz era fraca e azul, e eu via seu rosto como quem relembra uma memória, quase nebulosa, mas que ainda está ali.

Meu pai brincava que eu tinha
duas peles — eu disse.

Como assim?

Eu me virei, me desvencilhando do seu toque. E me virar era um trabalho, meu corpo se tornava um trabalho, um ofício, mas eu não queria ajuda. Não queria complacência. Ele me olhou triste. A sua tristeza não me agrediu. Fiquei um pouco triste também.

Minhas veias aparecem assim porque
a pele é muito branca, tá vendo? — eu disse,
apertando com força o braço. — Mas a verdade é
que elas são bem fundas. Tão fundas que quando
eu ia tirar sangue me furavam umas vinte vezes.
E meu pai ficava puto, nossa, como ele ficava puto.

Seu olhar ainda era um pouco triste, mas agora ele sorria. Sentia que me observava tentando captar cada mínimo gesto, cada tique de linguagem. Eu tentava, a todo momento, não fazer isso também.

E o que tem a ver? Com a brincadeira?

Tem a ver que ele dizia que enquanto eu dormia eu ia
criando essas outras peles — expliquei, passando a mão
pelo braço. — Dizia que a veia se tornou funda, como
se fosse soterrada, não que nasceu assim.

E a primeira pele? — ele perguntou,
tocando minha perna.

O que que tem?

Você ainda lembra dela?

***

Que horas é seu voo amanhã?

Cedo.

Estávamos deitados de lado, ele me abraçava. Podia ouvir sua voz, mas não via o homem, e via, o que me dava a sensação de que já tinha ido. Eu olhava para a varanda e a luz assumia outro tom, mais claro, um claro que não chegava a ferir os olhos.

Eu volto — ele disse.
— Mas não quero dormir agora.

CORAGEM, CORAGEM! Eu tinha vontade de gritar para ele. Tinha vontade de me virar com a rapidez que eu não tinha, sacudir seus ombros e gritar. Não faz sentido manter o corpo. Não faz sentido porque não faz diferença alguma.

Eu fechei os olhos e apertei sua mão, forte. Desejando não me sentir tão sozinha quando eu não a tivesse por perto. Desejando que ele não se sentisse tão só, e desejando que se sentisse. Desejando que fôssemos de novo felizes como já tínhamos sido juntos. E, assim, eu dormi.

Dormi e quando acordei o sol já era alto, a cama fervia e meu suor penetrava o lençol. Quando acordei ele já não estava lá, e eu soube disso sem precisar me virar para o lado. Acordei, na verdade, pelo medo cortante. Medo que não tinha nada a ver com a sua ausência.

Acordei com o cheiro do cigarro de cravo que inebriava o apartamento inteiro.

***

Mãe, o que é o fim?

***

Acordei com o cheiro do cigarro de cravo que inebriava o apartamento inteiro. Não havia fumaça ou rancor. Não havia sentimento nenhum. Eu caminhava, estava acordada, mas não sentia o peso do meu corpo. Todas as dificuldades das últimas semanas soavam como outra vida, e, se eu não pudesse ver no espelho a barriga, admitiria o sonho.

Devo ter caminhado por cada cômodo.

Estamos procurando pelo quê, exatamente?

Mas o próprio pensamento era como se pertencesse a outra pessoa, ou como a narração de um filme.

O cheiro continuava, e na terceira ou quarta volta parei, à porta do quarto da minha mãe. Caminhei em direção à janela e a abri, de uma só vez.

Lembrou que tem mãe, foi?

Eu tentei lutar contra a voz, mas seu tom parecia tanto o dela que precisei me virar. E, involuntariamente, sorri. Na outra janela, lá estava ela, os cabelos soltos, mais grisalhos do que tocavam minha memória, um vestido vermelho com listras. Ela estava descalça, e fumava.

Achei que você odiava esse vestido.

Sabe que agora ele me cai bem? — ela respondeu, virando-se como quem observa um espelho imaginário. — É engraçado ver você assim, nunca imaginei.

Assim como?

Como, assim como? Embaraçada! — ela disse, fazendo um sotaque espanhol fajuto.

Olhei para a barriga. Seu peso me atingiu novamente, e eu senti falta da leveza. Minhas pernas se agarraram ao chão como raízes. Precisei me sentar à beira da cama, ficando de costas para ela. Respirar era um trabalho árduo, como se tivesse uma enorme bexiga de água comprimindo meus pulmões.

Agora sim, lembrou que tem mãe, e que tem filho.

Filha — eu respondi.

O quê?

É uma mulher.

Pude ouvir sua risada às minhas costas.

Ah, mas que desgraça!

Virei minha cabeça em sua direção e senti que a olhava com uma raiva que me espantava, pois eu a reconhecia demais. A raiva de anos e anos, do mesmo jeito, intocada. Talvez um pouco mais cortante. Podia escutar as sílabas da palavra DESGRAÇA, projetadas há tantas gerações.

Por que você sempre teve tanta
raiva de mim? — perguntei.

Seu rosto desmanchou-se, ficando sem expressão alguma. Logo ela se recompôs, com um sorriso irônico.

E você não tem raiva de mim? É assim,
você vai ver.

Senti meu estômago se contorcer.

Desde sempre? — eu quis saber.

Não, não desde sempre — ela disse, olhando
para a janela. — Eu achava que seria doce — ela deu
uma tragada. — Mas a doçura você só sabia dar
pro seu pai. Você nunca deixava eu me aproximar!
Como agora, por que você não me olha?!

Porque você me olha como quem me
engole — ela disse, jogando a bituca pela janela.
Então olhou para mim. — E eu tenho medo.

Eu senti vontade de rir.

Ah, você tem medo de mim. Claro, faz todo
o sentido. — Eu virei de costas novamente.
Meu pescoço doía. Sentia a gravidade me puxar
para baixo como se estivesse saindo da Terra.

Ela sentou ao meu lado. Olhei para nossos pés, tão diferentes. Até nisso você puxou seu pai, ela costumava dizer, quando eu era muito pequena.

Você sempre carregou tanta morte dentro
de você. É algo que eu também tenho.

Então qual a diferença?

A diferença é que você não sucumbia
ao olhar para ela.

E você sucumbia todos os dias.

Ela olhou fundo nos meus olhos. Seus olhos claros arrancavam a segunda e a terceira e a quarta pele e eu sentia, sim, eu sentia o que tinha por baixo vibrar e corroer ao mesmo tempo. Seus olhos que eu também não puxei, seus olhos.

Não seja tão dura — ela disse, por fim, acendendo
outro cigarro, e então me oferecendo o maço,
a mão queimada. — Fume comigo.

Você não está vendo isso aqui? — apontei
para a barriga.

Uma vez na sua vida, Ela, tente não me dar
uma lição de moral e fume comigo. Eu te peço.
Eu dou uma tragada do seu.

Ela acendeu o cigarro, rindo. Sua risada me incomodava ao mesmo tempo que me gerava uma falta estranha. Uma falta de mim. O cheiro veio feito apito da chaleira que ferve. Ela me estendeu a mão com o cigarro, o batom vermelho havia deixado sua marca. Quando o alcancei, nossos dedos encostaram sutilmente. Sua mão era quente, muito mais quente do que a minha.

Eu a olhei.

Você vai ver. Vai ver que há algo de muito
parecido entre nós.

Eu traguei o cigarro.

Talvez, o que você deva fazer é olhar bem nos
olhos da menina. Olha bem pra ela e
deixe que te engula. Sim? Deixe que te engula,
não precisa de medo. Ou até precisa, mas não vale
de nada. Não te salva de nada.

Meus olhos se encheram de lágrimas soltas. O gosto do cigarro era doce, doce, e misturava-se ao gosto da minha saliva salgada.

Eu preciso me deitar — disse, virando
o rosto para o lado e examinando a
mão que segurava o cigarro.

Quando olhei novamente ela já não estava mais lá. Passei o dorso da mão pela boca e senti sair o batom vermelho. Deixe que te engula, podia escutar suas palavras. Deixei que as costas descansassem contra a cama feita. O enorme peso em meus pulmões. As lágrimas desciam, molhando meu rosto e seu lençol, nosso cheiro.

***

Eu me encontrava novamente num café. Muitas coisas aconteciam, mas eu não tinha vontade de compartilhá-las. Queria companhia, sim, mas o ato de ligar para alguém sugeriria o ato de falar e responder, quando o que eu queria era uma companhia em silêncio. Olhei para a minha barriga. Nos últimos dias, começava a senti-la mais. Não só fisicamente, todo aquele peso, o corpo doía inteiro, mas era também uma coisa metafísica, a certeza de que não estava sozinha e mais, de que era responsável por aquele ser que existia dentro de mim, junto de mim. Pensava muito nisso, como num lugar onde não existia nada de repente PÁ, existia alguém, todo um novo ser, cheio de futuras complexidades.

Pedi um café, sabendo que não deveria. Coado sim, eu disse para o garçom, um menino magro, alto, com um sotaque de sei lá onde, que respondeu solenemente que sim, minha querida — e eu me perguntava se alguém poderia realmente chamar um estranho, uma estranha, naturalmente, de minha querida; esse tipo de pessoa me intrigava muito —, e ele foi rápido, isso era outra coisa; eu me sentia especial. Não era apenas o fato de as pessoas me darem lugar na lotação, mas era um olhar. Um olhar quase ridículo, olha aí que linda a mulher grávida, nem imaginavam que eu tinha hemorroidas e que estava sozinha, sem marido, sem namorado. Onde ele estaria? Não nos falávamos havia semanas, ele tinha ligado, perguntado se estava tudo bem, disse que voltaria logo, que só tinha umas coisas para resolver. Achava engraçado isso "coisas para resolver". Pensava se eu também seria algo que precisava de resolução. Olhei para a barriga. Se seríamos algo que precisava de resolução.

O menino servia a água sobre o café e esperávamos, a água ia até o topo e borbulhava, descia calmamente, sem respeitar nossa pressa, nosso constrangimento naquele momento deslocado do tempo. Devia ser a terceira vez que ele servia quando eu virei e perguntei:

O que você faz?

Como assim? — ele deu um sorriso confuso.

Ninguém trabalha num café porque
quer fazer isso a vida inteira.

Sou ator.

Clássico.

E você, o que faz?

A pergunta virou um pouco a minha cabeça. O que eu fazia, nesses últimos meses? Eu gesto, tinha vontade de responder. Isso não é suficiente? Mas o que eu fazia, o que eu fazia além de gestar?

Olhei para a calçada,

Uma mulher gorda sai de um prédio com um livro
Edifício Algarve
Do outro lado da rua, um homem negro, bem vestido, com uma sacola na mão
No caminhão, outro homem negro olha para o homem negro bem vestido

Olhei para o café,

Na mesa atrás de mim, três modelos conversam com uma agente
A agente pergunta quanto uma delas consegue chegar de quadril 80?
Assim, sem se matar
Você tem que me dizer quando você chegar ao seu limite
O negócio é ter um corpo bonito, sabe, não precisa ser muito magra
Também não precisa parar de comer açúcar, senão você vai enlouquecer
Uma banana, uma banana tem um monte de açúcar, mas é açúcar bom, sabe?
Sei.

Na outra mesa,

Uma mulher, trinta anos, lê o jornal
Ela vira para o homem, sessenta anos, sentado,
ao seu lado:
Nossa, pai, mas eles realmente estão sem pauta, né?
Olha isso!
Tão falando até dos animais do zoológico.
O homem:
Ha ha ha
Inacreditável.

E na outra,

Um homem, sozinho, toma um café expresso
Ele mexe nos pequenos sacos de adoçante e açúcar
Penso se espera alguém
O homem termina seu expresso
E vai embora.

Eu escrevo.

Ah, que legal.

Mas escreve o quê, contos?

Nesse momento o gerente olhou para o menino com um ar irritado, e foi o que bastou para ele pedir desculpas e picar a mula. Ri sozinha com a expressão picar a mula. Lembrei da minha mãe. A risada tornou-se um pouco triste, mas só um pouco. Tomei um gole do café. Lembrei dele. Pensei na lembrança. Senti o café quente passar por uma das amígdalas. Pensei se estaria inchada. Coloquei o dedo no pescoço, não, inchada não. Pensei em como tinha amigdalites severas quando era mais nova, e a amigdalite e os antibióticos, e as novas amigdalites e a amigdalite que ameaçava voltar, e a garganta inchada e a minha mãe me entupindo de antibiótico e eu me prometendo, quando fui morar sozinha, que só tomaria antibiótico de novo quando estivesse quase morta, e olhei pra barriga e pensei em como a morte agora era algo tão perto e tão longe, e pensei nesse mistério de sentir minha finitude constante, e pensei nela, que tinha tudo pela frente, e senti a amígdala inchada, toquei novamente o pescoço, não, inchada não, e lembrei da sensação da amigdalite que voltaria, como sempre voltava, como essa coisa instalada em mim, adormecida, e pensei em como eu e ele sempre tínhamos amigdalite juntos, e lembrei de quando houve a separação, que separação?, mas quando houve a separação eu pensei pelo menos não vou ter mais tanta amigdalite, e então logo depois a amigdalite mais pesada de todas, aquela, que não dava pra engolir, e a comida que não descia, e o alívio que a comida não descia junto com o buraco da fome, e o buraco da pergunta se ele também estaria sem conseguir engolir do outro lado, do outro lado, o buraco da pergunta do outro lado, a pergunta latente, como a amígdala que pulsava.

Uma mulher chegou e tomou a mesa do homem que esperava. Ela usava um colete, apesar de ser dezembro, e era quente, muito quente, e eu me perguntava como ela poderia usar colete em dezembro, talvez do mesmo modo como eu tomo café, e foi então que percebi que não era um colete, mas sim um daqueles panos com que se amarra o bebê, e foi então que percebi um bebê minúsculo, não conseguia ver o bebê, mas o percebia, o percebia pelo olhar atento da mulher, eu andava com um radar para esse tipo de olhar. A mulher sentou mas logo se levantou, foi até a rua como quem vai embora mas não foi, e então seu olhar cruzou com o meu e eu poderia jurar que ela estava prestes a sucumbir, mas ela só me olhou e sustentou o olhar, primeiro como um susto, como quem percebe meu rosto antes de perceber a barriga, depois como se risse do próprio susto, porque, afinal, como perceber meu rosto antes de perceber a barriga?,;talvez do mesmo modo como eu esquecia da barriga, apesar de todo mundo me dizer, mas você não se sente pesada? e eu dizia, sim, mas então como esquece?, e eu pensava, já me senti mais pesada, mas então o riso de si própria até, por fim, o entendimento mútuo.

Eu tive vontade de vencer minha timidez e perguntar se ela queria sentar, mas ainda era tímida, eu era uma tímida esquisita, pensei, e nem sabia se ela ia querer sentar, se não ia ficar constrangida e sentar por uma obrigação ridícula, que tipo de obrigação se pode ter com uma estranha que se acabou de conhecer? Aquele olhar, apenas o olhar indicaria algum tipo de conhecimento? Ou o entendimento mútuo indicava apenas isso, o entendimento mútuo de um momento. Mas não, algo me dizia que o entendimento mútuo significava mais, algum tipo de abismo que ela conhecia e eu estava prestes a conhecer.

O bebê soltou algum tipo de grunhido, e o olhar da mulher, até então dirigido a mim, voltou correndo para o bebê; ela então me olhou e sorriu.

Eu sorri de volta.
E havia uma confiança muito grande nisso.

***

Você quer que mude a rádio?
Não precisa, essa tá boa.

Eu tinha como um pacto secreto comigo nunca pedir para o taxista mudar a estação, como se minha jornada devesse ser embalada pelo seu gosto musical. Assim como as coisas que fingimos ser ao acaso. Mas nunca são.

Era um calor insuportável e eu sentia minhas costas colarem no banco. Lembrava da minha mãe dizendo, Será que a tua prima não podia calcular um pouco melhor? Foi engravidar justo agora, imagina, agora no Rio de Janeiro, no mínimo quarenta graus, e eu lembro de ela falar QUA-REN-TA assim, com as sílabas bem redondas.

A história da minha prima grávida veio logo depois que meu pai faleceu, e caiu como um presente no colo da minha mãe. Ela que tinha sido sempre tão para dentro, de repente tinha um sorriso estranho, e se eu não fosse pele da sua pele, e eu era, poderia achar natural, e ela só sabia falar de como a vida tinha seus mistérios, imagina, meu pai batendo as botas daqui, minha prima cheia de sol na praia, mas bem que podia ser menos sol, não é mesmo, coitada da minha prima. E minha mãe, que sempre tinha sido tão para dentro... parecia que a etiqueta do seu luto era o avesso, parecia que luto era a sua vida de antes; as roupas pretas foram rapidamente substituídas por roupas coloridas, de estampas variadas, e ela saía durante o dia e voltava cheia de sacolas, metade para ela, um quarto para mim — roupas que nunca me serviam e que ela olhava com a mesma cara de surpresa todas as vezes, Mas essa eu podia jurar que ia dar certo! — e o outro quarto cheio de roupas de bebê, que ela mandava em caixas e mais caixas até preencher todo o Rio de Janeiro, e eu já estava vendo ela comprar a passagem antes mesmo de ela comprar, em vez de pagar uma passagem para minha tia, que estava se esgoelando do seu jeito calmo naquela cidade do interior, em vez da minha mãe comprar uma passagem para minha tia, ela comprou uma para ela mesmo e se mandou rumo ao mate e biscoito globo, e eu fiquei sozinha em casa, metade aliviada, um quarto abandonada e um quarto liberta.

E ela me mandava fotos e fotos da minha prima, e fotos e fotos dela nos parques e nas praias e com lenços, e minha mãe que nunca tinha usado lenço nem parecia minha mãe, minha mãe parecia que tinha rejuvenescido uns dez anos, e eu estranhava aquela nova figura, parecia que minha vida antes era toda outra, parecia que, de alguma forma, eu tinha perdido os dois no dia em que meu pai morreu.

É aqui, moça?

E foi a primeira vez que eu olhei para fachada do prédio naquele tempo todo.

É, é aqui sim.

Mas quando entrava no prédio, uma voz:

ELA!

E então, tudo.

***

O que aconteceu foi que nessa época eu andava sozinha em casa, era também a época em que eu estava começando o primeiro namoro. Ele aparecia por lá e, entre medos e medos de perder a virgindade ali, como se eu estivesse sendo espionada pelo olhar distante da minha mãe, entre as emoções de ter perdido meu pai e estar submersa no mundo do seu possível significado, tive um pequeno ataque de coragem súbita, desses que vêm dos quartos mais escondidos, que mal sabemos que carregamos conosco, e disse para o menino que não dava, naquele dia não. Descemos e, logo antes do tchau, começamos a nos beijar embaixo do prédio. A lembrança é turva, mas me lembro de algo como minha mão no seu pênis, por cima da calça. A lembrança é turva, mas lembro de não querer parecer pudica, e lembro de pensar ter escapado ilesa graças à mão inofensiva.

Quem cuidava do prédio há mais de quinze anos era um casal, Fátima e seu marido. Nossa convivência era a mesma coisa sempre, bom dia, boa tarde, por vezes se estendia com alguma conversa sobre meu colégio, eu tinha que me esforçar para tirar notas boas, o estudo era o mais importante, e eu sempre dizia sim, sim. Mas nesse dia, o dia em que eu achava que tinha escapado ilesa, o dia em que tinha acabado de deixar o namoradinho no portão, quem estava na portaria era ele, que me chamou assim que nos demos tchau, e, se eu olhasse direito, poderia perceber seu nervosismo, seu suor aparente na testa, ou então não, ou então ele estava com o mesmo jeito calmo de sempre, e isso é apenas minha memória tentando deixar as coisas menos frias.

Mas ele me chamou e eu fui, e quando cheguei no seu cubículo vi uma foto sua com Fátima pendurada no vidro, grudada por um durex velho e alguns fiapos, e ele falava algo como a câmera de segurança que havia nos gravado, e eu olhava para Fátima na foto, com os cabelos sempre presos num coque, e Fátima sorria, e ele que continuava falando que tinha uma obrigação de passar as filmagens para seus superiores, e que aquilo era muito sério, e falava que eu e minha mãe poderíamos ser expulsas, e eu lembrei da minha mãe sorrindo no Rio de Janeiro — a verdade é que eu nunca a tinha visto tão feliz —, e lembrei da minha prima, e fiquei com uma puta raiva da minha prima, e ele continuava falando, e eu comecei a pedir muitas desculpas,

desculpa,

desculpa,

desculpa,

e comecei a ficar com um medo, imaginei minha mãe voltando e tendo que lidar com isso, imaginei a gente tendo que se mudar de casa, pensei na minha casa que era a única coisa que eu ainda reconhecia, e eu só conseguia pedir desculpas,

desculpa

desculpa desculpa desculpa desculpa desculpa desculpa desculpa desculpa desculpa desculpa desculpa desculpa desculpa desculpa desculpa desculpa

mas parecia que desculpa não era o suficiente, e eu dizia, eu só posso te pedir desculpa e prometer que eu nunca mais vou fazer isso, e me sentia suja, me sentia puta, me sentia enfim castigada e com vergonha, e que maldita mão inofensiva porra nenhuma, mas eu não sabia, juro que nunca mais vou fazer isso, e agora penso: que ingenuidade a minha, mas só por alguns momentos, porque logo depois ele disse, o que eu posso fazer é apagar as filmagens, mas pra isso eu preciso que você me ajude. E eu fiquei pensando em como eu poderia ajudá-lo, e começou a me dar um enjoo, e eu devo ter ficado ainda mais branca porque ele me disse calma, e me levou para o banheiro ali de baixo, e trancou a porta, e quando ele trancou a porta eu lembro de o tempo parar e eu olhar para ele e pensar

Será que é assim que acontece?

e me vieram todas as matérias dos jornais, aquelas matérias que a gente lê durante a semana mas no fim de semana também, aquelas matérias que dizem que uma menina de dois anos foi estuprada mas que a mulher de quarenta também, e lembrei do vídeo da mulher gritando em praça pública que o marido ia matá-la e que já tinha prestado queixa e nada adiantava, e uns dois dias depois disso já não restava mais nada dela, e lembrei das tantas mulheres que foram abrir a porta de casa e era o ex-namorado com a arma na mão e PÁ, e lembrei de alguém num almoço falando que normalmente é alguém próximo, e eu pensei, será que é assim que acontece? Aquelas matérias e fotos dissociadas da vida, aquelas matérias e fotos e boatos frios e desconexos que a gente engole com o café da manhã mas com o jantar também, e eu pensei, será que é assim? E então pensei que tinha que ser MUITO esperta e de repente fiquei fria, e foi quando ele disse, Fica calma, e tocou no meu braço e eu me afastei e ele disse, Calma, eu não vou te fazer nada, e eu disse, Eu tenho algum dinheiro lá em cima que eu posso te dar, é isso? E ele perguntou, quanto? E eu disse, Uns oitocentos reais, eu achava que era isso, era o dinheiro que minha mãe tinha deixado pra mim enquanto estava no Rio, eu torci pra ser isso porque ele concordou e eu voltei com ele até a portaria e ele apagou as filmagens, ou fingiu que apagou as filmagens, porque eu nunca nem vi filmagem nenhuma, e fez uma ligação, ou fingiu que fez uma ligação, mas disse no telefone, Oi, aqui é o ___________, aconteceu uma ocorrência aqui mas já tá resolvido, ok? E agora eu sei que era tudo encenação mas na época eu não sabia e tive tanto medo, e eu disse que subiria e no dia seguinte lhe daria o dinheiro, e ele disse tá, e tudo foi muito rápido; ele também parecia muito nervoso, ou nem parecia tanto, e eu subi e quando cheguei no meu quarto chorava de um jeito que poderia encher todo o mar, do Pontal até o Leme.

Foi quando eu liguei para o meu namorado, e ele ficou dizendo que ele e os amigos iam ficar de olho quando ele saísse da portaria de manhã, e eu só conseguia lembrar do rosto da Fátima na fotografia, e eu achei aquilo uma burrice sem tamanho, que eu era gorda mas meu namorado era um moleque magrelo, e todos os seus amigos também eram moleques magrelos, e ninguém ia bater em ninguém, que aquilo não era porra de filme nenhum, aquilo era a porra da minha vida, e por algum motivo eu tinha nojo e eu tinha medo e me sentia invadida, eu sentia tudo isso, mas eu não conseguia ter raiva, e quando eu liguei o celular tinham várias mensagens da minha mãe, com fotos e fotos dela e da minha prima sorrindo em Copacabana.

No dia seguinte, eu, sem ter dormido, com os oitocentos reais na mochila, saí para o colégio, mas ele não estava na portaria, não tinha ninguém lá, e a Laura passou para me dar uma carona — naquela época era a mãe dela que estava me levando para o colégio —, e Laura me perguntou, O que houve? E eu não conseguia responder, já que foi nesse momento que passamos por ele descendo a rua, e ele sorria, falando ao telefone.

E Laura continuou me perguntando, O que houve? A manhã inteira, O que houve? E eu não conseguia dizer, porque tinha vergonha, e me sentia suja, apesar de já ter tomado quinze banhos e me esfregado até a pele ficar vermelha, mas me sentia suja, e meu namorado chegou pra me abraçar, e eu não conseguia tocá-lo, e foi então que eu tive raiva de todos os pintos do mundo, e tive raiva do meu próprio medo, e raiva da minha prima que tinha roubado a minha mãe, e me sentia patética, e Laura me puxou para o banheiro mas eu não conseguia dizer, e só chorei no seu colo o resto da manhã, e nunca disse nada e Laura deve achar até hoje que chorava meio por atraso, que chorava por saudade do meu pai, mas até com asco do meu pai eu estava, do pinto do meu pai, que só me colocou ali e foi embora.

E todos os dias que seguiram eu entrava no prédio feito bala, nem olhava quem estava na portaria, e os oitocentos reais logo viraram setecentos, e minha mãe que não voltava, e eu liguei e perguntei se poderia ficar com Laura pelas próximas semanas e ela me veio com um papo de você vai incomodar a família da menina, e eu disse que ela enfiasse todo Rio de Janeiro no meio do cu e desliguei o telefone, e naquele mesmo dia Laura e sua mãe me buscaram, eu de mala e cuia, os setecentos reais que logo viraram seiscentos.

O hábito de entrar e sair do prédio feito bala deve ter continuado, porque fazia anos que eu não via Fátima, muito mais anos do que o tempo que eu estava em São Paulo, e quando Fátima gritou,

ELA!

com uma voz tão senhoril que eu nem reconheci, porque se tivesse reconhecido teria ignorado e continuado andando, mas não reconheci, e quando virei lá estava Fátima, com seus cabelos grisalhos presos no mesmo coque de sempre, um pouco maior, mas ainda era Fátima cujo rosto nunca tinha escapado, nem mesmo por um segundo, da fotografia que descansava na minha memória.

Fátima veio e me deu um abraço apertado, eu suava, e seu abraço foi de encontro à minha barriga, e a menina parecia que chacoalhava lá dentro e eu disse, Oi, Fátima, como você está? Ela disse, Tô bem, querida, e você? Seu rosto continua o mesmo, só os cabelos que mudaram, estão mais compridos, lindos! Então parou de falar e me olhou nos olhos, com um ar de dó; sinto muito pela sua mãe.

Mas o que ficou na minha cabeça foi que eu nunca tinha visto os cabelos soltos de Fátima, sempre presos no mesmo coque, e lhe disse, Seus cabelos também estão bonitos, Fátima, você continua não gostando de usá-los soltos? E eu deveria saber de algo quando disse, porque senti o veneno escorrer pela boca, e Fátima me olhou com o mesmo olhar de dó, e disse, Ah, amada, você não sabe? Faz uns anos que eu tive câncer, o tratamento arrancou chumaços que é ruim de crescer de volta. O Antônio, coitado, fez tudo pra me dar do bom e do melhor, que Deus o tenha, mas algumas coisas não se ajeitam, não é?

E Antônio, lá do céu, deveria estar rindo ou chorando, porque se eu entrava feito bala no prédio, seu nome me atravessou feito bala também, e eu disse, Fátima, acho que preciso me sentar, e, Claro, meu bem, claro, e puxou a cadeira da guarita e eu me sentei e na rua e um calor desgraçado e não tinha vento e não tinha nada e eu senti uma empatia enorme pela minha prima.

***

Não é como se eu ainda o amasse, mas às vezes lia coisas que me lembravam ele. Na verdade, não sei se ainda o amava. Mas lia coisas que me lembravam ele, qualquer coisa sobre o amor, qualquer coisa que me lembrava o início, ou o meio, ou até mesmo o fim, o que seria o fim?, o fim que eu gerava dentro de mim, o nosso fim que crescia e crescia dentro de mim, e eu entendia pela primeira vez, sim, eu entendia que todo início é também um fim, e ela que nascia dentro de mim, ela que a partir do primeiro grito começaria sua caminhada, e eu que pensava na primeira vez que tinha ido ao planetário, eu que tinha uns dez ou onze anos, eu que tinha ido com a escola, e todos que tinham amado o passeio ao planetário, e eu que saí tão angustiada, e o homem que explicou os planetas, e o que vem depois?, as galáxias, e o que vem depois?, o universo, e o que vem depois?, o homem que não soube responder, e os adultos deveriam saber essas coisas, não?, eu que saí tão angustiada e me sentindo tão pequena, eu que saí sentindo como se pudesse me ver no planetário, então na cidade, aquela mesma cidade, então no Brasil, e no mundo, e nas galáxias e o que vem depois?, e me senti tão pequena tão pequena e todos que tinham amado o planetário, e agora essa certeza, essa angústia que pela primeira vez se cala, sim, essa certeza de que todo o início é também um fim, e em todo o fim reside o início, e onde ela nasce, um pedaço meu morre, e de repente essa nova certeza, enraizada em mim da primeira até a última pele: o nascer é ação constante.

Mas às vezes eu lia coisas que me lembravam ele, seja uma receita esquecida no bolso da calça, aquele peixe que eu cozinhei num dia quente como esse, lembra? será que lembra?, ou então um horóscopo de jornal, ele que odiava esses horóscopos, dizia que ouvimos o que queremos ouvir, que alguém um dia sacou isso e inventou a astrologia, mas eu, lendo seu horóscopo no jornal todos os dias, mesmo ele não querendo, eu lia em voz alta mais para mim do que para ele, eu lia numa busca velada, num caça-palavras com a minha intuição, eu esperava que ali, no meio da bobagem — porque eu sabia que muito era, sim, uma imensa bobagem —, eu encontrasse algo que me dissesse mais.

Recordo que, desde sempre, eu lia coisas que me lembravam ele. E lembro que, no início, enviava longas citações por mensagem, e ele me respondia, mas eu sabia, no fundo eu sabia, que não entendia a vida como eu entendia. Não era falta de sensibilidade, era só algum outro canal, e ele tão vivo que de vez em quando inventava palavras, e eu que passava minhas tardes quando criança lendo páginas e páginas do dicionário, as palavras umas em cima das outras e todos os jeitos de codificar e desvendar o mundo, e minha mãe que passava por mim e me olhava e não dizia nada, um desprezo, mas as páginas do dicionário, e então a descoberta da Barsa, toda a coleção de ouro do meu pai, nas prateleiras mais altas, e eu subia em cima da cadeira mas não alcançava para pegar, e minha mãe me via sofrendo mas nunca se oferecia pra ajudar, e meu pai que vivia enfurnado naquele escritório, até que um dia eu cheguei e estavam todas na prateleira de baixo, e eu perguntei para ela, Quem fez isso? E ela disse, Deve ter sido teu pai, e na hora eu acreditei, mas hoje acho que deve ter sido ela mesmo, porque ela tinha muito dessas coisas de não querer admitir que me ajudava, e ajudava, e então todos os livros na fileira de baixo e a minha felicidade, e aquilo era uma genuína felicidade, descobrir nas páginas o que ninguém tinha tempo ou saco pra me contar.

Mas então o encontro com ele, ele que também queria saber das coisas do mundo, e muito ele simplesmente sabia, ele que se movimentava com fluidez e contava piadas e todos riam na mesa do bar, o encontro das nossas tantas palavras, e eu que antes achava que falávamos os dois a mesma língua, mas agora vejo que não, e penso, como a maior parte das coisas a gente só vê mesmo depois, depois que o tempo passa e nos olhamos de fora, porque tudo é tão delicado, e ah, meu amor, as coisas são muito mais delicadas, e só hoje percebo que falávamos em algum outro canal, como um caminho que se percorre junto e de repente se depara com a bifurcação, ou então a bifurcação acontece antes e seguimos por túneis distintos, nós dois por debaixo dos emaranhados e dos lençóis freáticos, nós dois separados por uma camada de terra tão fina a ponto de nos escutarmos do outro lado, nós dois que nos sentimos através dos grãos, essa relação arenosa, milhares de grãos que não secam, não morrem, apenas continuam ali, à mercê do vento que traz, que é o mesmo vento que leva.

***

Comecei, aos poucos, a me desfazer.

Sem dizer muita coisa, apenas empacotando objetos sem pensar muito no que isso significava. Comecei, aos poucos, a abrir as janelas, a ignorar sua voz que vinha na minha cabeça — sua voz, gritando, Você quer que todo mundo veja o que está acontecendo aqui? —, e eu abria as janelas, olhava para o mundo exterior e, assim, começava a me desfazer e a me recompor.

Era quase Natal, e minha barriga parecia que nunca ia parar de crescer. Vamos honrar a tradição, minhas tias disseram. Vamos fazer o Natal aqui, *como todo ano*. Mas a ideia de um Natal sem a minha mãe já era um tanto absurda, era ela quem recepcionava a todos, era ela quem comprava o vinho branco e o champanhe, era ela quem estufava o peru, mesmo eu dizendo que não fazia nenhum sentido comer peru num país tropical, era ela quem estufava o peru e se arrumava toda e montava a casa com tons de dourado e vermelho, era ela quem dizia pra gente rezar antes de comer, ela, que não rezava nenhum outro dia do ano, era ela que fechava os olhos e apertava minha mão e rezava um pai-nosso cristalino, e era eu que me embananava nas palavras, era eu que nunca ajudava a montar a árvore e achava tudo brega e ficava cercada dos tios e primos sem conversar com ninguém, eu, sentada no meio da sala, e o namorado?, e era eu que sempre queria ser a primeira no amigo secreto pra me livrar logo de tudo aquilo, e era ela que estava ali, com o mesmo sorriso intacto, ralo porém na medida exata para a etiqueta, toda aquela recepção, só não era na medida exata para mim, penso: minha medida sempre foi um pouco maior, não é mesmo?

Por isso eu disse que não, não teria Natal nenhum naquela casa.

Então, agora, me desfazia aos poucos. Tirava porta-retratos das cômodas, quadros das paredes, comecei a empacotar até o que não sabia a quem destinaria, e logo um novo ano, e aquelas coisas invadindo a casa, coisas que já estavam lá mas agora recobertas por camadas e camadas de papelão, e a cada porta-retrato, a cada passo em direção a um novo objeto, era um esforço imenso, um esforço imenso e a barriga, e eu que só queria dormir e virar mais um objeto encaixotado, eu que me achava tão melhor era na verdade farinha do mesmo saco, senão coisa pior.

Foi então que interfonei para Fátima. Sua voz denunciou a surpresa ao ouvir a minha, isso era claro. Oi, Fátima, é a Ela, sim, sim, tudo bem sim, é que eu tô separando umas coisas aqui do apartamento, queria saber se você não quer alguma coisa. É, vem dar uma olhada, e eu me esforçava para cada palavra soar leve, para cada palavra não dar a entender a solidão, no meio das caixas e das luzes de Natal, porque logo depois de dizer não para minhas tias, logo depois de expulsá-las, eu olhei para o espaço vazio onde ficaria a árvore de Natal, e apesar de a casa ser grande e aquele espaço ser pequeno ele parecia tomar conta de todo o resto, e lembrei de quando era criança, a cena clichê, minha mãe me levantando e eu colocando a estrela lá no alto, e era uma cena tão desconexa de tudo o que eu vivia, aquela infância que nunca foi leve, só aquele peso dentro de mim, aquela morte, foi isso que ela disse, não foi?, aquela morte dentro de mim, mas a cena que se repetia, ano após ano, pelo dia oito ou nove de dezembro, ela me levantando, eu colocando a estrela no topo da árvore, nós duas, e então o momento se acabava, e o que vem depois?

Mas o espaço vazio, porque é sempre isso o que vem depois, depois dos penduricalhos, das camadas, o que vem depois é o neutro, o oco, e então eu, no meio do peso, no meio de cada caminhar, fui tirando as bolas das caixas, as luzes de Natal, fui tirando e colocando aos poucos tudo no chão, mas a certeza de que, mesmo se eu fizesse um esforço enorme e tirasse a árvore do depósito, e colocasse todas as luzes, enfeites e cores, não ia ficar bonito, porque mesmo que ficasse não era a mão dela, e eu tinha razão ao dizer que nunca mais seria Natal naquela casa, porque mesmo se tivesse, mesmo se eu chamasse todos os parentes e decorasse a casa, e o dourado e o vermelho, mesmo se eu fechasse os olhos e rezasse o pai-nosso cristalino, mesmo se, a partir daquele momento, o sorriso enigmático me pertencesse, e pertencia, eu não era ela, eu nunca havia sido, e tudo não passaria de uma imitação barata da minha mãe, como Ester foi uma imitação barata de Joana, uma imitação barata do Natal, os presentes desembrulhados, o amigo secreto, porque mesmo se eu fosse a última no amigo secreto, as pessoas afagando minha barriga, e o que vem depois?

Então eu me esforçava para que minhas palavras soassem leves, como se a atraísse para uma armadilha, como se a convidasse para meu reino de luzes dançantes, como se qualquer passo em falso fosse fazer com que Fátima se desse conta do meu plano, e que plano?, e por que Fátima?, por que não Laura?, por que não ele?, mas era a Fátima quem eu queria, era a Fátima quem eu chamava.

***

Fátima me olhava com seus olhos amendoados e cabelos presos no coque, me olhava de canto, como quem suspeita de algo. Eu lhe oferecia roupas e roupas da minha mãe, perguntava se queria, em seguida retirava algumas louças da cozinha, Não quer? tem certeza? isso aqui ninguém vai usar mais. Não, minha filha, *isso é seu*, era o que respondia para quase tudo. Respondia com um *isso é seu* tão sereno e preciso que me vinha a sensação de que tudo passava a ser meu mesmo. Mas Fátima me olhava desconfiada, e eu, a cada recusa dela, voltava para dentro e trazia mais peças de roupa, lençóis, caixas que eu já nem sabia o que tinha dentro.

Tinha vontade de perguntar uma infinidade de coisas, tinha vontade de saber sobre Antônio, queria perguntar se sabia de algo, queria perguntar se ele já tinha tido alguma atitude agressiva, porque claro que tinha, um homem que faz algo assim com a menina imagina o que não faz com a mulher, mas minha cabeça dava voltas e eu me perguntava se ele não fez o que fez comigo num ato de desespero, porque eram oitocentos reais, e oitocentos reais era uma montanha de dinheiro para mim, mas oitocentos reais no mundo adulto não significa quase nada, significa? Será que oitocentos reais pra Antônio, com Fátima no tratamento, e Fátima já fazia tratamento naquela época?, mas oitocentos reais para Antônio também poderiam significar uma montanha de dinheiro, e as épocas eram outras, e será que ele tomou a atitude que tomou num desespero, num impulso frenético, e será que se arrependeu depois? Será que por uma vida toda não teve uma atitude fora do lugar, será que rezava o pai-nosso como minha mãe, uma vez por ano, e só? Fátima era católica, isso era certo, mas será que iam na igreja juntos e será que rezavam lado a lado? e Antônio teria uma conduta exemplar ou será que rezava ao lado de Fátima e adentrava seu corpo, sem permissão, durante a noite?

Mas minha cabeça girava, e era uma infinidade de perguntas labirínticas, pois entre mim e Fátima existia um abismo também infinito, um abismo que separava nossos mundos desde que eu havia nascido e desde que Fátima havia nascido, e desde antes, desde meus antepassados e os antepassados de Fátima, trabalhadores ou escravos, servindo alguém como meus tataravós e, a julgar pela minha bisavó, aquela senhora esquálida, que parava de falar quando a empregada vinha retirar a louça, para em seguida a olhar com desdém, tentando desde lá me ensinar o enorme abismo que as separava, e mesmo que esse abismo não existisse no mundo de cima, e mesmo que esse abismo supostamente não existisse na religião, porque minha bisavó também era católica e rezava a missa, ele existia no mundo prático, no mundo que fez com que todas as pessoas que trabalharam naquela casa comessem na cozinha enquanto comíamos na sala, e eu, que perguntei pra minha mãe com meus seis anos de idade por que a babá não podia comer à mesa, e minha mãe respondeu, Porque não é assim que as coisas são, assim como minha avó disse a ela, e minha bisavó a minha avó, e minha tataravó, que devia mandar em tudo, as mesmas palavras, disfarçadas.

Mas então esse abismo infindável, onde não existem palavras que o supram, palavras que deem um chão para que possamos pisar e atravessar a ponte, não, esse abismo não é atravessável por palavras de tipo nenhum, muito menos de perdão, e essa distância de tudo, e eu e minha empatia, mas empatia também nunca seria suficiente, porque algumas coisas na vida para serem compreendidas precisam ser vividas, e eu nunca viveria o mundo de Fátima, por mais que a olhasse no fundo dos olhos, me perguntando se havia algum ponto em que nossas linhas se cruzavam, para sempre paralelas, a professora de matemática dizia, O destino mais triste é o das linhas paralelas, que andam lado a lado mas nunca se cruzam, mas seríamos como as linhas paralelas ou haveria algum ponto de encontro?, por mais distante que fosse?, e havia, e mesmo que eu olhasse fundo nos olhos de Fátima e lhe dissesse, Me conta um pouco? e que mundo escroto, e mesmo que eu tomasse coragem e lhe dissesse, Me conta um pouco? e dissesse o que aconteceu com Antônio e comigo, penso: isso não seria coragem. Seria apenas uma covardia tremenda.

E assim, aos poucos, eu fui perdendo a energia, e Fátima foi ficando mais quieta do que já estava, e parecia que Fátima ia ficando cada vez menor entre as caixas e caixas, e Fátima me disse, Eu não preciso de nada não, dona Ela, é seu, e tudo aquilo que era e não era meu, e minha vida que era e não era minha, nada mais existia e tudo que passaria a existir, e eu no limbo, e eu ficando mais cansada e mais cansada, e a noite chegando e então Fátima disse, Eu vou indo senão perco a lotação, e eu fiz apenas um sim com a cabeça e lhe dei um abraço difícil, e Fátima foi embora e eu fui para o meu quarto e deitei de roupa e tudo, querendo dormir mais do que nunca.

Mas antes de dormir, não conseguia parar de me perguntar sobre Fátima, e quando finalmente fui, só conseguia enxergar o topo da cabeça de Fátima no fundo da memória, os cabelos presos no coque, e eu, que nunca veria os cabelos soltos de Fátima, assim como nunca a veria de fato.

***

Deixa eu te ver sem barriga — Laura me diz.

Estamos ambas à frente do espelho, eu tenho catorze anos e espinhas na cara. Laura tem catorze anos e a pele intacta. Eu olho para o seu corpo e não vejo nada. Nenhuma celulite, nenhuma gordura, nenhum esforço considerável, nenhuma noção de que estava ali, existindo neste mundo.

Eu encolho a barriga, prendendo a respiração, com a certeza de cada espaço ocupado por meus membros.

Não, assim não adianta.
Faz assim ó — e me mostra, puxando
para cima a barriga que não tem.

Eu faço o mesmo.

Isso, bem melhor.

***

Me olho na frente do espelho, que agora está carcomido e mostra algum tipo de metal velho por baixo. Sempre

tive apreço pelo que vem depois. Mas eu estou na frente do espelho e minha barriga aponta na sua direção. Viro-me de lado, e então a barriga some.

Me desespero, e levanto a blusa procurando pela barriga invisível.

Minha mãe escancara a porta do quarto e segura um pano muito pequeno em uma das mãos.

OLHA QUEM EU TROUXE, ELA!

Ela abre o tecido e dentro dele há um bebê minúsculo.

Mas esse é o menor bebê do mundo!

EU SEI, PODERÍAMOS COMÊ-LA INTEIRINHA, NÃO É MESMO?

Eu continuo a olhar para a bebê, que cabe na palma da minha mão e respira de modo tão fraco que apenas chegando muito perto posso constatar que está viva. É o menor bebê do mundo, é o menor bebê do mundo, eu continuo a sussurrar, balançando a cabeça. Minha mãe está à minha frente e ri.

Ri muito.

***

Acordei no início da manhã, num desespero mudo. Nela, pequenas estrias brancas se alastravam. As estrias e aquela coisa que crescia e crescia, e o sol batendo no meu corpo, um calor escaldante, e eu que não fazia a mínima ideia do que vinha depois.

Comecei a percorrer a linha das estrias com os dedos, e então devo ter começado a percorrê-las com as unhas, mas não percebi, eram apenas trilhas de um caminho branco, e o que vinha depois?, eu queria saber e percorria o caminho com os dedos, não, com as unhas, com as unhas, sim, porque em algum momento meu choro deve ter ficado mais alto, ou então foram gritos, sim, os gritos ficaram enormes e estúpidos como o porco no abatedouro, a ponto de ocupar o quarto inteiro, a ponto de ultrapassar as paredes e chegar ao quarto da minha mãe, como o vento abafado que percorre a noite, como as estrias que percorriam o corpo, como tudo o que vem depois.

E então eu fincava as unhas contra a barriga e as unhas estavam compridas, e se alastravam, pele a pele, e construíam novos caminhos, linhas vermelhas que se contrapunham às brancas, e tanta cor e tanto som, e então o sangue, vindo devagar, o sangue acalmando, aquele vermelho-vivo.

***

Pai, por que o sangue é vermelho?

O sangue não é vermelho, Ela, ele é azul.
Olhe bem para suas veias.

Mas então por que agora é vermelho?
— perguntei, olhando para a barriga em carne viva.

Porque é o que acontece quando ele entra em contato com o oxigênio, filha — respondeu, sem olhar para trás.

***

E onde estava a segunda pele para impedir que as unhas se atracassem?, não havia nada, não havia nada depois, apenas pele e gordura e sangue e aquela coisa que crescia e se alimentava.

E as unhas.

Pele a pele.

***

Tinha a sensação de que estava sob uma droga muito forte, ou então na abstinência de uma droga muito forte. Eu fechava os olhos, sabia que dormia, dormia?, mas sabia que dormia, e minha cabeça a milhão, como as poucas vezes em que tomei LSD — eu e Laura, dezoito anos, numa praia distante, o mar, *chocolatão*, Laura caminhando e deixando uma trilha de conchas, logo atrás de seus pés, eu desenhando na areia, Laura entrando no mar, tudo de uma vez, eu na beira, sempre na beira, Laura nua, me chamando, VEM!, eu fazendo um sereno não com a cabeça e rindo com a sua liberdade, tanta vida e morte, eu deitando a cabeça na areia, o vento trazendo os grãos para o meu cabelo, o céu meio nublado, mas não importava. Penso: toda felicidade vem de dentro, não é mesmo? E lembro de mim e de Laura fazendo planos para nossa vida adulta, e falando sobre tudo o que iríamos fazer, os lugares aonde queríamos ir, como Laura seria uma cantora famosa e eu seria uma escritora bem diferente da minha mãe, e falávamos das pessoas que conheceríamos e dos homens com quem transaríamos, quando nem se passava pela nossa cabeça que toda a vida já estava ali, naquelas salas de colégio, em nós duas rindo sozinhas, numa tarde, uma bobagem qualquer, eu sozinha no meu quarto, Joana (e Joana era explosão de vida), e até mesmo Ester, tudo aquilo era vida gritando na nossa cara, porque não existe hiato, não existe espera — todas as conexões cerebrais se interligando num curto-circuito, rápido demais.

Quando acordei ela estava à minha frente.

Acima de sua cabeça, um descampado de céu, com milhares de estrelas que me engoliriam a qualquer instante. Apertei sua mão num reflexo do medo.

Ah, que bom, você acordou.

Devia ter seus oito ou nove anos. Seu rosto era parecido com o meu, mais sadio talvez. Talvez ela fosse o que eu poderia ter sido, uma das infinitas possibilidades, nós, as galáxias, os multiversos. Seus dedos leves e compridos pressionados contra a minha barriga. Ela sorriu para mim e se virou para o lado.

Ela acordou.

Não havia mais ninguém. Continuei em silêncio, observando-a. Os cabelos compridos e claros, as sardas aparentes, a pele branca e as veias de um azul que me atravessava.

Em qual dia você nasceu? — ela disse,
por fim, repousando sua mão
contra a minha barriga.

Eu achei a pergunta engraçada. Senti a leve pressão da sua mão contra minha pele. Ela não se mexia, apenas repousava a mão ali, como se guardasse algo que me escapava, como se meu corpo fosse uma enorme peneira contra o sol.

Nasci no dia vinte e sete de setembro.

E você gosta desse dia?

Gosto. É dia de São Cosme e Damião.
Mas eu só lembro disso no dia.

Eu não queria acordar. Eu não queria ter a menina. Eu só não queria mais nada daquilo tudo. Só queria dormir para sempre. Tentei me virar para o lado e assim me desvencilhar do seu toque, mas a pele ardia.

Posso te fazer uma pergunta?
— ela disse, a voz fina.

Pode, você já fez várias.

Você sempre soube que era filha da sua mãe?

Eu olhei nos seus olhos pela primeira vez.

Não. Por quê?

Porque eu ando meio desconfiada que
eu não sou filha da minha.

Seus olhos falavam outra língua que não a minha, como se ela viesse de terras muito distantes, ou de outro tempo, mais para o passado e mais para o futuro, como se ela fosse qualquer coisa mais próxima da terra, como se soubesse de algo a que eu não tinha acesso, por mais que cavasse, que buscasse, ela tinha uma chave que simplesmente não me havia sido dada.

Ah — ela suspirou, me olhando
profundamente —, mas no fim isso
nem tem tanta importância, eu acho.

Dos meus olhos áridos eu a olhava. Tudo muito fino, permeável.

Eu olhei para cima, e por algum motivo encará-la me ardia os olhos, como uma pressão invisível por baixo das pálpebras. Apalpei meu rosto, a fim de sentir alguma coisa, mas parecia que minha pele não era minha.

Você não deveria estar me vendo.
Pra falar a verdade, eu nem sei como você me achou.

Posso ficar sem te olhar? Quer dizer, podemos
conversar assim só? — Eu olhei para cima.

Aham.

Sobre minha cabeça, mil estrelas estáticas.

Eu perguntei uma vez por que as estrelas piscavam.

E você lembra da resposta?

Lembro... Elas não piscam de fato.
A velocidade da luz que nos dá essa impressão.

Tipo quando a gente olha o ralo da piscina
e a água faz ele balançar?

Isso mesmo.

Mas aqui elas estão imóveis...
Parece que eu tô olhando pra uma
fotografia do céu.

É porque estamos muito perto — ela respondeu.

Ficamos alguns minutos em silêncio. Eu olhava para as estrelas de papel. Por vezes, sentia que se eu esticasse a mão um enorme toldo preto cairia sobre nossas cabeças. Mas, por vezes, sabia da sua existência como sabia da minha. A barriga ardia.

Você pode olhar pra mim, agora?

Sua fala me doeu porque eu pressenti o fim. Olhei um último instante para as estrelas, perto demais, perto como eu sempre havia desejado. Então a encarei.

Ela se levantou, caminhando para trás, o sentido inverso, enquanto me encarava.

A vida só vai existir se você permitir.
Entendeu?

Eu me sentei na cama.

O quê?

Ela continuou a se afastar. Eu me levantei e a segui. Meus olhos doíam e eu fazia uma força imensa para sustentar seu olhar. Mesmo que ela não estivesse sob nenhum holofote, a sensação era de que eu olhava diretamente para o sol do meio-dia.

Eu queria que não tivéssemos entendido
tão cedo — ela disse, olhando para baixo.

Continuávamos andando, mas era como se caminhássemos numa esteira invisível, o sentido inverso, sem sair do lugar.

Entendido o quê?

Eu continuava caminhando, em sua direção, eu e ela, nós duas, ligadas, o fio invisível, minhas pernas já não pareciam mais minhas, e eu me sentia quase morta, mas ali, ali eu descobria que o que é um pouco vivo ainda é muito vivo.

Que não tivéssemos entendido o quê?

Que a vida não tem amparo.

Sua frase ressoou nos meus ouvidos, como se eu a escutasse desde que nasci. Como se eu estendesse a mão, os dedos compridos, talvez por isso os dedos tão compridos?, e a outra mão nunca chegasse.

A vida não tem amparo.

Ela sorriu.

Uma buzina estridente.

A vida não tem amparo.

Eu pude enfim ver a rua.

E as estrelas piscavam, bem longe.

A vida não tem amparo.

Tudo isso logo antes

Antes do clarão

Nós nunca sabemos o que é a morte até que a morte nos atinja de fato. E toda vez diferente, toda vez outra, tão diferente que deveria até ter outro nome.

O nome morte para todas as mortes do mundo não cabe.

Assim como não sabemos o que é a vida, até que a vida nos atinja de fato. Eu me julgava viva. Eu comia, eu dormia, eu andava, eu observava o mundo.

Eu acordei no mesmo hospital em que ela estava.

Tudo um pouco embaçado.

Os médicos falando com Laura, que balançava a cabeça, sem dizer nada.

Dormi novamente.

Dessa vez, quando acordei, Laura estava sentada, com ar de preocupação. Se levantou, quando percebeu que acordei, e caminhou na minha direção. Olhava para a minha barriga. Eu passei a mão. Senti o resquício das minhas unhas. Tive a sensação de que meu corpo era uma enorme massa, moída, morta. A cabeça doía acima dos olhos. Laura me abraçou. Senti o cheiro dos seus cabelos. Respirei mais fundo.

Quantos centímetros tinha?

Laura se afastou e eu fiquei olhando, seus olhos.

Quantos, Laura?

Olhou para baixo.

Eu tenho o direito de saber.

Não tinha nada.

Lembrei da barriga. Oca? Lembrei das náuseas, e desde quando você sabia? O quê? Que estava grávida, que não tinha nada. Eu não sabia. Eu nunca soube. Eu senti meu chão, o que sobrava de chão, se desfazer por entre meus pés.

Nós nunca sabemos o que é a vida até que a vida nos atinja de fato.

O TEMPO

Me indicaram um psicólogo. No papel estava escrito: Ela, pseudociese. Minha barriga continua grande, meus seios ainda estão inchados, as pessoas ainda me olham com um tipo de olhar, que já não me pertence. Eu entro na sua sala, toda em tons de marrom. Arquitetos estúpidos. Ele me pergunta por que estou ali. Eu lhe entrego o papel. Ele o lê, e então me pergunta, novamente:

Por que você está aqui?

Eu tento falar. Tento falar sobre o peso, sobre as horas, sobre a solidão, sobre o martelar no fundo da cabeça, tento falar de cada canto, da casa, do vínculo, se é que existem vínculos, e existem, tento falar das pessoas que foram embora e das pessoas que ficaram, tento falar dele, da sua imagem e como não passa de uma imagem, tento falar de Laura, Laura que me aguarda na sala de espera, tento falar do sorriso do Gato, tento falar do meu pai, e do mergulhador no fundo bem no fundo, tento falar das palavras, grossas e fartas, e, mesmo assim, incapazes de completude, tento falar dela, do desamparo, da mãe distância, da mãe presença, tento falar das palavras novamente, como elas sempre permearam minha vida e, por fim, tento falar de mim.

Tento falar de mim.

E quem eu sou. E quem é o outro.

E quem somos nós, sentados naquela sala, a cor das paredes, de um verde-escuro como lodo, e eu que me sinto como lama, a lama que parece perto, muito mais perto do que os vínculos. Olho para a janela. É um dia tão claro que faz doer os olhos e se disfarça de felicidade.

***

Ela me acorda. A luz do dia é recém-feita, branda, acolhedora. Meus olhos são pesados e insistem em se fechar, mas ela me acorda novamente. Eu olho para fora. Passo os braços por volta de seu pescoço, e ela me levanta da cama. Me entrega uma roupa, e diz que vamos dar um passeio. Posso escutar o ronco do meu pai, vindo do quarto.

Entramos no carro. Ela está muito quieta e eu tenho vontade de perguntar para onde vamos, mas sinto que não devo, sinto que é momento de ouvir e que ela me conta coisas no silêncio, talvez se eu prestar atenção exista algo, exista alguma pista.

Compartilhamos bem o silêncio.

O caminho é rápido. Estamos numa estrada toda verde, o carro passa e as folhas todas se misturam em um, um só, um verde, uma cor. Eu tenho saudade de algo que não sei colocar nome. Como uma memória involuntária.

Paramos numa bifurcação e entramos numa estrada de terra. Ela vira na direção de uma placa de madeira. Eu começo a escutar sons de crianças falando e dando pequenos gritinhos. Ela para o carro. No momento em que eu entendo que estamos no zoológico, o mundo inteiro toma outra forma. Cores mais vivas, risadas, bicho, gente. Tudo é intenso demais para permanecer na memória. Eu a abraço, ela põe a mão sobre meu ombro: agora vamos.

Caminhamos por todos os cantos. Eu olho para os lados e os pais estão com os seus filhos e riem e brincam. Eu olho para cima e ela olha para a frente, tento captar suas nuances. Entendo que em um minuto parece ter raiva daquilo tudo, e da vida, e de mim. Em outro, um tédio mórbido, uma indiferença resignada. Em outro, uma mágoa profunda, uma ironia. Me pergunto se, perdido ali no meio, está o amor. Eu solto a sua mão e caminho ao seu lado.

O zoológico já não tem tantas cores. Eu vejo apenas tons de terra perdidos no espaço. Todas as famílias, com seus filhos, as comidas, umas brincadeiras estúpidas, uma felicidade que não me pertence, desde ali. Eu, deslocada do cenário, como se o zoológico fosse um painel por trás das minhas costas, facilmente derrubável, eu, que não poderia estar dentro da felicidade, apenas olhá-la e dizer: Ah, deve ser assim. Eu olho para os meus pés, e tento dar grandes passos. Chuto a terra. Sujo minha roupa. Passo a mão pelo vestido. Nenhuma bronca vinda de cima. Quando levanto a cabeça, não a vejo. E nem quando olho para os lados. Ou para trás.

Eu não choro, apesar da sensação de que ela pode, sim, ela seria capaz de ter me deixado ali. Fico muito atenta e continuo meu caminhar, só. Os sons dos bichos se tornam mais altos e me fazem companhia. Eu sou quase da altura dos seus olhos: tamanduás, cervos, hipopótamos, um bufê animal, escolha, escolha, o que você quiser, o que agradar mais o olhar, tire uma foto, é de graça!, menina, você está sozinha?, menina, cadê sua mãe?

Eu ignoro o que dizem e continuo a caminhar. Não sei quanto tempo passa. As cores do zoológico me engolem, meu vestido sujo de terra e uma sensação adormecida que se materializa naquele momento. O abandono metafórico toma forma, finalmente. Sinto que chegou o dia. Pequenas lágrimas escorrem do meu rosto, o queixo treme. Um funcionário vem falar comigo, eu saio correndo. Ele corre atrás de mim.

É então que a vejo. Corro em sua direção. Me agarro na sua perna. O funcionário vai embora, as pessoas continuam suas vidas. Ela não. Ela olha para a frente, com lágrimas nos olhos. Eu olho para a frente e vejo uma chimpanzé, parada, a olhando de volta. Eu me espanto com quão gente parece a chimpanzé. Ela está sentada numa pedra, com o queixo apoiado em uma das mãos, como numa pose. Ela olha fixamente para a minha mãe, e não sei há quanto tempo as duas estão assim, mas sinto estar diante de.

Ela olha para mim. Agora eu já não estou mais agarrada na sua perna, mas parada ao seu lado, apenas. Eu a olho de volta. Meu coração bate tão forte que parece não existir mais camada nenhuma entre a pele e o sangue. Ficamos assim por alguns segundos. Uma pergunta no olhar.

Uma pergunta. Uma guerra.

A memória.

Uma família para do nosso lado, fazem piadas e falam alto. Ela vira a cabeça para o lado, e esfrega os olhos, com força. Eu podia ver a cortina se fechando na minha frente, o muro se erguendo. Ela segura minha mão e me puxa. Vamos andando rapidamente em direção à saída. Eu olho para trás, e vejo a chimpanzé ainda olhando para o mesmo ponto, a mão apoiada no queixo. O pai tira fotos da mãe junto aos filhos, e a enquadra junto, por trás das grades.

***

O psicólogo dá pequenos tapinhas no meu ombro, ao me levar até a porta. Passou a sessão inteira em silêncio. Uma merda de parede em branco, para que eu risque com as minhas próprias cores, ele disse. Eu estou prestes a sair do consultório. Um beijo no rosto. Viro as costas.

É — eu o escuto dizer —, às vezes,
precisamos realizar nosso próprio parto.

Fecho a porta atrás de mim.
Não respiro por alguns instantes.

***

Volto a pé para casa. Mas eu viro em ruas contrárias, meus pés parecem querer fazer o oposto do certo, talvez tenha sido assim durante toda uma vida. Penso, sempre tive a sensação de que meu corpo e meu espírito eram separados, um espírito que não pertencia àquele corpo, mole, grande e úmido, talvez por isso me sentisse tão desconfortável no sexo, talvez por isso não conseguisse ser um espírito solto, um espírito em que, na hora de costurar-se ao corpo, sobrou uma ponta, uma linha que ia desfiando, desfiando, e eu a sentia, todos os dias, era isso que eu pensava desde a adolescência. Mas aqui, durante a caminhada, tenho a sensação que não, que somos um só e que corpo e espírito são dois lados da mesma faca, e era eu quem pegava a faca e desfiava minha própria linha, noite após noite, para então acordar no dia seguinte e me fazer de surpresa, e o que houve aqui?, e agora meus pés caminham por ruas contrárias e eu entro em cantos conhecidos, desconhecidos, cada canto deste lugar invade a memória, descria e cria um laço, e se é tudo um, eu tenho a sensação de controle e descontrole, a mente manda no corpo e o corpo manda na mente e os dois sou eu, tantos eus que eu escolho mostrar para o mundo a todo instante, o eu com Laura, eu com Joana, eu com minha mãe, eu com meu pai, eu com ele e eu, todos esses eus, comigo, a todo instante.

E se são os dois lados de uma mesma faca, eu começo a me sentir meio bicho e lembro novamente da minha mãe encarando a chimpanzé, e me reconheço, e se somos todos meio bicho seu instinto sobre mim era o de fuga, instinto de sobrevivência, minha presença e fragilidade a matavam pouco a pouco, eu podia ver, a responsabilidade, éramos e somos animais, se ela não me alimentasse eu morria, e eu comia, comia, e se somos animais e estamos todos caminhando na rua, e indo para nossas casas e comendo como animais, por que continuamos a fingir as boas maneiras?

E se somos animais, onde está a minha história? Onde está tudo o que acontece e o que aconteceu, onde está a linha narrativa, onde está a dela?, não existe linha narrativa, existem apenas fatos que acontecem e acontecem e acontecem, um punhado de cores e sons que, através de algum sentido, através de uma corda bamba a que decidimos dar o nome de palavra, eu e ela, nos agarrando à palavra, eu e ela, as duas tentando se equilibrar na mesma corda, é impossível dar as mãos sem cair, é impossível dar as mãos, somos só animais.

E se mente e corpo são dois lados da mesma faca, o que eu pensei sobre mim todo este tempo é apenas uma história que eu conto a mim mesma, de novo e de novo, nunca a mesma história, apenas fatos e animais e, no meio do desespero, talvez exista algo que brilhe.

Meus pés caminham em direções opostas e me levam para onde não sei; penso nela, seu rosto, suas rugas, seus rancores, suas alegrias, quais seriam suas alegrias?, e eu, que precisei fazer meu próprio parto, e primeiramente escrevo prato em vez de parto e percebo que ambos carregam as mesmas letras e a vida não tem amparo e a constante semelhança e dicotomia, e eu, que preciso fazer meu próprio parto e prato e os faço de novo e de novo e de novo.

Meu celular toca.

Número desconhecido.

Alô?

Do outro lado da linha, sua voz, rouca pelos meses de silêncio, o arrepio e o alívio, o assombro e o encanto, a morte e a vida, a predadora e a predadora.

Oi, mãe.

LOUISE BELMONTE nasceu em 27 de setembro de 1995, em Brasília. Cresceu em Porto Alegre e vive em São Paulo. Formada em cinema pela Faap, também é escritora, dramaturga, atriz e diretora de cinema e teatro. Coordena o Projeto Frestas Escola Nômade. É professora de escrita criativa e investiga a escrita do inconsciente. *Primeira pele* é seu romance de estreia.

AGRADECIMENTOS

À minha mãe, pela coragem contínua, que também se manifesta em gostar deste livro. Ao meu pai, por ter me passado o impulso de mergulhar fundo. À Alice, por sua escuta e alegria enquanto eu escrevia. Ao Rodrigo L, pelas tantas leituras e pelo carinho imenso. À Luana e à Mariana, por me salvarem da adolescência. Ao Claudio, pelas horas de conversa e pelo nome deste livro. Ao Bruno e à Sílvia, por criarem objetos mágicos. À Belisa, por suas mãos e nossa comunicação invisível. Ao Poci, por termos nos encontrado. E, por fim, à Carola, por me ver.

Edição Bruno Zeni
Capa Belisa Bagiani
Projeto gráfico Sílvia Nastari
Revisão Carmen T. S. Costa

Imagens de capa e miolo Belisa Bagiani

Dados Internacionais de Catalogação na Publicação (CIP)
(Laura Emilia da Silva Siqueira CRB 8-8127)

Belmonte, Louise.
Primeira pele / Louise Belmonte; capa, Belisa Bagiani; projeto gráfico, Sílvia Nastari. 1ª ed. — São Paulo: Editora Quelônio: 2022.
192 p.; 14 x 21 cm.

ISBN 978-65-87790-28-2

1. Ficção: Literatura brasileira 2. Literatura brasileira: romance
I. Belmonte, Louise. II. Bagiani, Belisa. III. Nastari, Sílvia

13-20222 CDD 869.93

Índices para catálogo sistemático:

1. Ficção: Literatura brasileira
2. Literatura brasileira: romance
869.93

Rua Venâncio Aires, 1072
05024-030
São Paulo - SP
www.quelonio.com.br

Fontes Calluna, Futura e Minion Pro
Papéis Cartão LD 250g/m^2 e Pólen Bold 90g/m^2
Impressão digital psi7
Tiragem 500 exemplares
São Paulo, março de 2022